로크미디어가
유혹하는
재미있는 세상

ROK
MEDIA
로크미디어

새
이것이 법이다

이것이 법이다 56

2019년 1월 21일 초판 1쇄 인쇄
2019년 1월 24일 초판 1쇄 발행

지은이 자카에프
발행인 이종주

기획 팀 이기헌 왕소현 박경무 이승제
책임 편집 최전경

발행처 (주)로크미디어
출판등록 2003년 3월 24일
주소 서울시 마포구 성암로 330 DMC첨단산업센터 3층 318호, 319호
Tel (02)3273-5135 Fax (02)3273-5134
홈페이지 rokmedia.com E-mail rokmedia@empas.com

값 8,000원

ISBN 979-11-294-0839-6 (56권)
ISBN 979-11-255-9575-5 04810 (세트)

이것이 법이다

56

자카예프 장편소설

ROK
MEDIA

로크미디어

CONTENTS

예비의 중요성

"비켜!"

벨의 손에 들린 것은 칼이라고 부를 수도 없는 조잡한 물건이었다.

어디서 얻은 건지 모르지만 오래된 쇳조각을 주워서 갈고 갈아 만든 작은 칼.

길이도 고작해야 은장도 수준이다.

'미친.'

하지만 아무리 그 정도 길이라고 해도 동맥을 베어 버리면 사람을 죽이는 데에는 아무런 문제가 없다.

"이년이 미쳤나?"

벨은 정체 모를 여자를 인질 삼아서 여기를 벗어나려고 했다.

그러니 그 인질이 된 정체 모를 여자, 그러니까 노형진은 갑작스러운 상황에 머릿속이 복잡할 수밖에 없었다.

'이러면 안 되는데.'

원래는 조용히 구입해서 해외로 빼돌리려고 했는데 이렇게 인질이 적극적으로 분란을 일으키면 그마저도 불가능해진다.

"당장 우리를 보내 주지 않으면 죽여 버릴 거야."

벨은 칼을 노형진의 목에 더욱 바짝 들이밀었다.

누가 봐도 죽이겠다는 의미였다.

"죽여 봐, 썅년아."

"뭐?"

"죽이라고. 어차피 그년이 죽어도 대신할 년들은 많아. 안 그렇습니까?"

"어, 응…… 그렇지."

라픽은 약간 당황한 표정으로 말했다.

그는 노형진이 누군지 알고 있기 때문에 당황한 것이다.

다행히 그걸 범인들은 이상하게 생각하지 않았다.

"죽여 봐. 적당히 배상해 주고 예쁜 애 가져다 바치면 다 끝이야."

벨은 당혹감을 감추지 못했다.

자신의 계획이 어긋났다는 것을 느끼기 시작한 것이다.

이것이 법이다

'어쩐다.'

노형진은 척 봐도 상황을 대충 알 수 있었다.

어딘가에서 구한 쇳조각을 몰래 갈아서 칼로 만들었을 것이다. 그러다가 손님 하나를 인질로 잡고 탈출할 생각을 했을 것이다.

'하지만 우리가 나타난 거지.'

성 노예로 팔려 가면 탈출이 불가능해지는 데다가 때마침 여자로 보이는 자신이 있으니 남자를 인질로 잡는 것보다 더 좋을 거라는 생각을 했을 것이다.

그러니 과감하게 움직였을 테지만…….

'염병할.'

여기서 여자의 인권은 짐승보다 좀 더 나은 수준이다.

그러니 죽어도 그만이다.

남자랑 말을 나눴다고 돌로 때려죽이는 나라에서, 인질범이 된 여자의 생명과 존엄 따위는 중요한 게 아니었다.

"이것이 돈이 된다고 그냥 두고 봤더니 미쳤구먼. 아무래도 만일에 대비해서 팔이랑 다리 하나씩 잘라야겠어."

눈짓을 하자 뒤에 있던 남자는 바깥에서 커다란 도끼 하나를 들고 왔다.

그리고 라픽을 향해 싱글거리면서 웃었다.

"배상은 해 드리겠습니다."

"그건…….”

라픽도 곤란한 표정을 지었다.

여기서 정상적인 반응은 그러라고 하는 것이지만, 노형진의 신분을 알고 있으니 그리 쉽게 말할 수가 없는 것이다.

"뭐, 쓸 만한 년은 많으니까요. 들어오는 연놈들 중에서 적당한 년으로 납치해 드리죠."

아까워서 망설이는 거라 생각한 브로커는 천연덕스럽게 말하면서 도끼를 받아 들었다.

"적당히 팔려고 했는데 감히 우리한테 덤벼? 팔다리를 잘라서 매일같이 남자 아랫도리만 바라보고 살게 해 주마."

"우…… 웃기지 마! 이 여자를 죽일 거야!"

"죽여 봐. 어차피 여자 하나 죽는다고 해서 바뀌는 건 없어."

순간 멍한 표정이 되는 벨.

하긴, 인권을 중요시하던 영국에서 살던 그녀가 사람을 죽이는 게 쉽진 않을 테니까.

'이대로 쓰러트려?'

놀란 건지 손아귀에 힘이 빠져나가는 것을 느낀 노형진은 잠깐 고민했다.

자신도 호신술을 배웠으니 벨을 떨쳐 내려고 하면 얼마든지 그럴 수 있다.

하지만 그렇게 되면 자신이 남자라는 것이 드러난다.

남자가 신분을 감추고 이렇게 덤비는 것을 본 범인들이 의심하지 않을 리 없으니…….

'하는 수 없지.'

노형진은 이를 악물었다.

어차피 이렇게 된 거, 남은 방법은 한 가지뿐이다.

"실례."

"어?"

안 그래도 여자를 죽일 테면 죽여 보라는 놈들의 협박에 어쩔 줄 몰라 하던 벨은 갑자기 여자가 걸걸한 목소리로 남자 목소리를 내자 깜짝 놀랐다.

그리고 그다음 순간 세상이 빙글 도는 듯한 느낌이 들더니 한순간 바닥에 누워 있는 자신을 발견했다.

손에 있던 칼도 놓친 채 무방비하게 드러누워 버린 그녀의 모습.

"넌 뭐야!"

그리고 그걸 본 범인들은 깜짝 놀랐다.

사람을 그대로 패대기치는 것은 이곳에서 보통 여자가 할 수 있는 일이 아니기 때문이다.

"기습해요!"

"지금이닷!"

노형진이 소리를 지르자, 그와 동시에 뒤에서 라픽의 경호원으로 숨어 있던 남자들이 뛰어나와 범인들을 제압하기 시작했다.

"놔, 이 새끼야! 이 새끼야!"

워낙 부지불식간에 일어난 일이라 그들은 상황을 이해하지도 못한 채 얼굴을 맞고 쓰러졌다.

"어?"

쓰러진 건 자신인데 도리어 경호원들이 범인들을 제압하자 벨은 순간 이해하지 못하고 두리번거렸다.

"어?"

"이놈들은 어쩌지요?"

경호원들은 노형진을 바라보면서 물었다.

노형진은 더 이상 얼굴을 감출 이유가 없었기 때문에 부르카를 벗으면서 눈을 찡그렸다.

"묶어 둡시다. 죽이고 싶지만 그럴 수는 없으니까."

"헉!"

그걸 보고 벨은 눈이 커졌다.

자신이 인질로 잡았던 사람이 남자라고는 생각하지 못했기 때문이다.

물론 여자치고는 덩치가 크다고 생각은 했지만.

"당신은……?"

"벨 사이먼?"

"네? 절 어떻게……?"

"구하러 왔습니다."

"구하러 왔다고요?"

얼굴이 환해지는 벨.

하지만 그다음 말에 다시 얼굴이 어두워졌다.

"네. 일이 글러 먹었지만."

"아⋯⋯."

벨의 목소리는 저절로 움츠러들었다.

주변을 살피고는 그제야 알아챈 것이다. 자신을 사는 형태로 구하려던 모양인데 제대로 글러 먹었다는 것을.

"아⋯⋯."

"자책할 건 아닙니다. 기회가 오면 탈출하는 게 맞아요."

일단 어떤 식으로든 영국 대사관까지만 가면 되니까.

'물론 갈 수 있을지가 문제지만.'

노형진은 자신이 입고 있던 부르카를 벗어서 벨에게 건넸다.

"이걸 입으세요. 부르카 한 벌 더 있나요?"

"네? 아, 네⋯⋯."

"당장 입으세요. 이곳을 벗어나야 합니다."

노형진은 고개를 돌려서 꿈틀거리면서 이쪽을 노려보고 있는 범인들을 바라보았다.

저들을 죽이면 좋겠지만 그럴 수 없다는 게 문제.

"일단 이곳을 벗어납시다."

다시 한 번 묶여 있는 놈들을 확인한 노형진은 두 여자를 데리고 그곳을 벗어났다.

다급하게 나오자 주변에서 힐끗힐끗 보기는 했지만 다행히 그다지 관심을 보이지는 않았다.

"일단은 한국 대사관으로 가야 하나요?"

구출된 여자의 말에 노형진은 고개를 흔들었다.

"아니요. 영국 대사관으로 갑니다."

한국 대사관은 일하지 않는 것으로 유명하다.

물론 자신들이 가면 받아 주기야 하겠지만, 보호를 위한 업무를 제대로 하지 않을 가능성이 높다.

"하지만 영국 대사관은 아니지요."

일단 한국 대사관보다는 좀 더 일하는 편이고, 결정적으로 벨 사이먼은 영국 귀족가의 사람이다.

아무리 시대가 바뀌었다고 해도 귀족가의 이름이 어디로 가지는 않으니까.

"여기예요!"

집창촌이 있는 산을 내려가자 차에서 기다리고 있던 로빈이 손을 흔들었다.

"어서 탑시다!"

서둘러서 차량에 탑승하는 사람들.

그런데 그때였다.

탕!

"크헉!"

맨 뒤에서 사람들을 재촉하던 로빈의 몸이 빙글 돌더니 바닥에 철퍼덕 쓰러졌다.

"로빈!"

노형진은 차에 타려다가 말고 황급하게 그에게 뛰어갔다.

그러자 총알이 우수수 쏟아졌다.

탕탕!

"이런 씨발."

고개를 들어서 언덕 위를 바라보니 한 무리의 사람들이 달려 내려오는 것이 보였다.

문제는 그들의 손에 들린 총이었다.

"크윽……."

아무래도 자신들을 안내하던 놈들 말고 다른 놈들이 따로 감시하고 있었던 모양이다.

그렇지 않다면 저들이 이렇게 빨리 총을 쏘면서 달려들 수 있을 리 없으니까.

"끄응……."

다행히 거리가 있는 데다가 저들이 전문적인 군사훈련을 받은 게 아니라서 총의 명중률은 상당히 낮았지만, 그런 면에서 첫 발에 맞은 로빈은 운이 더럽게도 없는 사람이었다.

"괜찮은가요?"

노형진은 로빈을 질질 끌어서 담벼락에 기대게 하고 물었다.

로빈은 어깨를 부여잡으면서 신음을 냈다.

"아니요. 괜찮다고 말 못 하겠습니다."

어깨에서 흘러나오는 피를 보며 입술을 깨무는 로빈.

노형진은 옷을 찢어서 그의 상처를 확인했다. 그리고 안도의 한숨을 내쉬었다.

"다행히도 관통했네요."

"다행? 이게 다행입니까?"

"네. 관통상은 휴유증이 크게 남지 않거든요."

"그걸 어떻게 압니까? 끄응……."

"한국 남자들은 다 군대에 다녀옵니다. 그리고 저 같은 경우에는 총도 맞아 봤고요."

"아……그랬지요."

왠지 납득한 표정이 되는 로빈.

노형진은 그가 오해한 것 같다는 생각을 했지만, 더 이상 뭐라고 하지는 않았다.

이 상황에서는 차라리 오해하고 자신을 믿는 게 더 중요했기 때문이다.

부아앙!

"변호사님!"

대기하고 있던 차량 중 한 대가 다급하게 다가와서 문을 열었다.

다른 두 대는 일단 여자들을 태우고 미친 듯이 달려 나갔다.

"어쩌지요?"

"어쩌긴요. 당장 타고 탈출해야 합니다."

무태식은 당장이라도 노형진과 로빈을 태우고 벗어나려고
했다.

하지만 로빈은 자신을 일으켜 세우려고 하는 무태식의 손
을 잡고는 고개를 격하게 흔들었다.

"안 돼요!"

"아니, 왜요?"

"여기서 탈출하면 다른 사람들이 모조리 죽을 겁니다."

"다른 사람들?"

"네. 여기에 납치된 여자가 둘만 있는 건 아니잖습니까?"

"아……."

일단 자신들이 본 것만 세 명이다.

사지가 잘려 나간 일본 여자, 그리고 자신들이 구하고자
했던 사람들과, 영국인 벨.

"다른 도시는 몰라도 여기에서는 그들을 구해야 합니다."

벨이 대사관으로 들어가는 순간 그들은 꼬리를 자르기 위
해 여자들을 죽일 게 뻔하다.

"하지만……."

무태식은 고개를 돌려서 달려오는 남자들을 바라보았다.

대략 열 명 정도 되어 보이는 집단.

그들은 하나같이 총으로 무장하고 있었다.

"우리 쪽 무장은요?"

"우리도 무장이 있기는 하지만…….."

봉고 한 대에 탈 수 있는 사람은 기껏해야 일곱 명.

무기를 가지고 있긴 하지만 숫자가 너무 부족했다.

"지금 출발한 사람들이 안 갔다면 모를까."

무태식은 다급한 마음에 그들을 보낸 것을 후회했다.

하다못해서 한 대만 보냈어도 숫자가 부족하지는 않았을 텐데.

"연락을 해서 다시 지원을 불러들여야지요. 여기서 물러나면 진짜로 저들이 무슨 짓을 할지 모릅니다."

로빈은 다급하게 말했다.

"제가 알기로는 여기에 납치된 사람만 서른 명이 넘게 있을 겁니다."

"서른 명요?"

"네. 만일 우리가 여기서 물러나면 저들은 그들을 모조리 죽여 버릴 겁니다."

그들이 대사관에 들어가면 다른 곳은 몰라도 영국은 끼어들 게 확실하다.

영국뿐만이 아니라, 정상적인 국가라면 당연히 문제 삼을 것이다.

그렇게 되면 외교적 분쟁거리가 될 테니 파키스탄 정부로서는 그들의 죽음을 방임할 수밖에 없다.

살아서 문제가 되는 것보다 범죄에 희생되어 그 존재 자체가 지워지는 것이 파키스탄 정부 입장에서는 차라리 유리할 테니까.

'여기서 사람을 많이 구할수록 파키스탄 정부는 외교적으로 고립될 거야. 그걸 막는 방법은 아예 사건을 은폐하는 것뿐이지.'

피해자들을 죽이면 수사도 하지 못하게 되니 저들이 바로 피해자들을 죽이려고 할 것은 당연한 일.

"아, 염병할."

무태식은 이를 악물었다.

"변호사가 뭐가 아쉽다고 총격전이야!"

그는 투덜거리면서도 차로 다가가서 총을 가져다가 노형진과 로빈에게 건넸다.

그리고 로빈은 씁쓸하게 웃었고.

"총 쏠 줄 모릅니다."

"허? 그 기자 양반, 참 간땡이가 부었군요."

총도 쏠 줄 모르는 주제에 여기까지 목숨을 걸고 취재를 하러 오다니.

"취재에 필요한 건 사진기지, 총이 아니니까요."

"틀린 말은 아닌데……."

그 말과 동시에 후드득 떨어지는 먼지.

차량에서 나온 경호원들은 담벼락에 기대어서 간간이 사

격을 하기 시작했다.

하지만 그러는 사이 저들은 점점 많아지고 있었다.

"군대가 올 때까지 얼마나 걸릴까요?"

"글쎄요. 두 시간? 세 시간?"

"그렇게나요?"

"군부대가 멀어서요."

소개를 받아서 한 개 소대가 붙었다고 하지만, 경호를 위해 따라다니는 것과 전격적으로 공격에 들어가는 것은 전혀 다른 문제다.

지금 같은 경우에는 저쪽이 먼저 공격했으니 방어할 수야 있겠지만, 구출하기 위해 올라가자면 저 안에서 시가전을 치러야 한다는 건데…….

'미치지 않고서야.'

시가전은 대개 공격자가 방어자보다 더 많아야 한다.

물론 군대가 저들보다 숫자가 많은 거야 당연하겠지만, 저들은 아무리 범죄자라곤 해도 민간인이다.

"더군다나 저 안에 여자들이 한두 명이 있는 것도 아니고."

"끄응……."

사람 목숨이 파리 목숨인 이곳에서 시가전에 들어가면 저들은 이 지역 주민들을 방패 삼아서 싸울 가능성이 높다.

"어쩌지요? 그냥 여기서 물러날까요?"

담벼락 너머를 스윽 살핀 무태식은 걱정스럽게 말했다.

사실 아직 담벼락이 보호해 주고 있어서 차량으로 탈출할 수는 있다.

"구출도 우리 목숨이 있어야 구하는 거 아니겠습니까?"

"으음……."

"하지만 지금이 아니면 기회가 없습니다."

로빈과 무태식은 의견이 달랐다.

로빈은 어떻게 해서든 병력을 불러서 사람들을 구해야 한다는 쪽이었고, 무태식은 일단 탈출이 우선이어야 한다고 했다.

"전……."

노형진은 잠깐 고민했다.

그리고 이쪽을 향해 조금씩 다가오는 자들을 바라보다가 로빈에게 물었다.

"저들을 제압하면 사람들을 구할 수 있겠지요?"

"그거야 그렇겠지요."

로빈은 고개를 끄덕거렸다.

하지만 그 말을 들은 무태식은 깜짝 놀랐다는 듯 노형진을 바라보았다.

"저쪽은 벌써 스무 명이 넘어가는데요? 그런데 저들을 제압하고 사람들을 구하자고요?"

이쪽은 여덟 명뿐이다.

그나마도 로빈은 총을 맞은 데다가 총을 쓸 줄도 모르니 병력으로서 가치가 없다.

사실 이쪽이 훈련이 되어 있어서 조준 사격을 하고 있는 게 아니라면 이미 모조리 당했어도 할 말이 없다.

이쪽의 정밀한 조준 사격에 저들은 무차별적으로 쏴 댈 뿐 접근하지 못해서 다행이기는 한데…….

"병력 차이가 세 배입니다, 세 배."

"압니다."

노형진은 고개를 끄덕거리면서 한구석을 향했다.

"하지만 저거라면 어떻게든 될 것 같은데요."

노형진은 고개를 내밀어서 산꼭대기 위해 묶여 있는, 커다란 통나무가 가득 실려 있는 수레를 확인했다.

"저건?"

"파키스탄에서 도시가스로 밥을 하지는 않으니까요."

"아하!"

대부분의 사람들은 나무를 때서 밥을 하거나 난방을 한다.

파키스탄은 사막지대이기는 하지만 의외로 추운 곳이라 난방이 필수다.

그래서 저렇게 나무를 잔뜩 쌓아 두고 있었다.

"저게 무너지면 저들을 뒤에서 덮칠 겁니다."

"하지만 거리가…….."

나무를 묶어 두고 있는 줄 자체는 그다지 튼튼해 보이지 않았다. 하지만 거리가 상당히 멀었다.

"우리가 가진 소총으로는…….."

저격용 소총도 아니고 총으로 무너트리는 건 말도 안 되는 소리였다.

"우리가 올라가야지요. 사실 줄이 끊어진다고 해서 나무가 무조건 아래로 굴러떨어지라는 법은 없으니 밀어야 할 겁니다."

"네? 어떻게요?"

노형진은 고개를 돌려서 봉고를 바라보았다.

그걸 본 무태식의 얼굴은 사색이 되었다.

⚖

부아앙!

거친 소리를 내는 봉고의 엔진.

무태식은 혀를 끌끌 찼다.

"군대에서도 안 해 본 특공을 여기서 해 보네."

"그러게 말입니다."

노형진의 계획은 간단했다.

일단 봉고를 운전해 끝까지 올라간 뒤 줄을 끊어 내 아래에 있는 저들을 덮치게 만드는 것.

"젠장!"

그런데 이 작전에서 제일 중요한 것은 차량을 타고 고개 위로 올라가는 것이다.

물론 불가능한 것은 아니다.

양측에서 총을 쏴 대는 놈들만 아니라면 말이다.

"이 정도로 막을 수 있을까요?"

"그러기를 바라야지요."

노형진은 벽에 바짝 대인 봉고를 보면서 한숨을 쉬었다.

"진짜 가능하기를 바라야지."

봉고 내부는 양쪽에 벽돌이나 짐을 최대한 쌓아서 일종의 방어벽처럼 만들어 놓은 상태였다.

그건 운전석도 마찬가지였다.

"진짜 가지가지 하네."

무태식은 이를 악물고 운전석으로 향했다.

다른 경호원들이 운전을 거부했기 때문이다.

뒤쪽은 양옆만 막으면 그만이지만 운전석은 앞쪽을 막을 수 없으니 총을 맞을 가능성이 높다고 거절한 것이다.

"미안합니다."

"어쩔 수 없지요."

원래는 노형진이 하려고 했지만 애석하게도 차량이 수동, 그러니까 스틱이었다.

그런데 노형진은 스틱을 운전할 줄 몰랐다.

그러니 유일하게 1종 보통 면허를 가진 무태식이 할 수밖에 없었다.

"볼 것도 없이 달려갈 테니까 알아서 수그리세요."

무태식은 액셀과 브레이크를 꽉 밟으며 말했다.

"출발하세요!"

노형진이 주변을 확인하고 소리를 지르자 무태식은 브레이크에서 발을 떼면서 액셀에 힘을 주었다.

"으아아!"

부아앙!

차량은 거친 소리를 터트리면서 담을 뚫고 그대로 앞으로 내달렸다.

"으히이익!"

"히익!"

갑자기 차량이 담을 뚫고 나올 거라 예상하지 못했기 때문에 총을 쏘던 남자들은 기겁하면서 몸을 숙였다.

그러자 봉고의 양옆에 난 창문으로 경호원들이 총구를 내밀고 미친 듯이 총을 갈겼다.

투타타타!

"으아아아아!"

무태식은 용기를 내려는 듯 힘껏 핸들을 잡으면서 소리를 질렀다.

다행히도 하늘이 도와준 건지, 잔뜩 총을 맞아서 약해진 흙벽이 넘어지면서 어마어마한 흙먼지를 만들어 냈고, 그게 자연스럽게 연막탄 노릇을 했다.

그 덕분에 원래도 형편없던 저들의 사격은 형편없이 빗나 갔고, 무태식은 그때를 틈타 전속력을 다해서 산 위로 차를 몰아갔다.

부아앙!

워낙 순식간에 벌어진 일이라 약간 멍하니 있던 납치범들 은 노형진 일행이 도망간다고 생각했는지 다급하게 따라서 올라오기 시작했다.

"산 너머로 도망간다!"

"어서 잡아!"

그들은 소리소리 지르며 헐레벌떡 고개를 기어올라 오기 시작했다.

"따라옵니다!"

로빈의 비명 소리.

노형진은 몸을 벨트에 고정하고는 뒤쪽 창문을 깨고 뒤를 향해 총을 연발로 쏴 버렸다.

"으히익!"

다행히 한 명이 총에 맞아 나가떨어지자 다들 주춤주춤하 기 시작했고, 그사이 차량은 아슬아슬하게 고개 위에 있던 나무 더미에 도착할 수 있었다.

"어서 끊어요!"

노형진은 차에서 뛰어내려서 나무를 고정하고 있던 줄에

대고 그대로 총을 갈겼다.

탕탕탕!

오래된 줄은 그대로 끊어졌다.

하지만 역시나 꼼짝도 하지 않는 나무들.

'이럴 줄 알았지.'

저들이 바보도 아니고, 묶어 놓은 줄이 끊어졌다고 바로 언덕 아래로 굴러떨어지는 위치에 나무를 쌓아 두지는 않았을 것이다.

그러나 그거면 충분했다.

부아아앙!

노형진이 줄을 끊어 내는 사이, 후진했던 봉고가 무서운 속도로 달려와서는 수레를 그대로 들이받았다.

"어어!"

따라오던 납치범들은 그걸 보고 당혹했지만 이미 수레는 기울어지고 있었고, 결국 그 위에 있던 통나무는 무서운 속도로 산 아래로 쏟아져서 굴러 내려가기 시작했다.

"으아악!"

"피해라!"

차량을 따라서 다급하게 올라오던 납치범들은 허둥지둥 피하려고 했지만 이미 주변은 담으로 가로막혔고, 총격전이 벌어지자 주민들이 문을 꼭꼭 닫고 숨는 바람에 달리 숨어들 만한 공간도 없었다.

"으아아악!"

그들이 채 어떻게 하기도 전에 엄청난 속도로 들이닥친 통나무들이 그들을 덮치면서 아비규환이 벌어졌다.

"아악!"

"내 다리!"

"커헉!"

피하려고 하다가 깔려서 쓰러지는 놈부터, 머리를 맞고 그대로 기절하는 놈, 심지어 통나무에 휩쓸려서 그 통나무들과 함께 아래로 굴러떨어지는 놈까지, 엄청난 혼란이 일어난 그 길목은 뿌연 먼지로 가득했다.

"지금입니다!"

노형진의 말에 차량은 다시 먼지를 헤치면서 안으로 뛰어들어 갔다.

다행히 몇몇이 그 통나무를 피해서 벽에 붙어 있었지만, 이러한 상황에서 벽에 붙어 움직이는 것은 상당히 위험한 짓이다.

왜냐하면 벽을 조준하고 그대로 긁어 버리면 줄줄이 총에 맞을 수밖에 없기 때문이다.

투타타타타!

"크악!"

몇몇이 다리를 붙잡고 쓰러지자 살아남은 놈들은 다급하게 손을 번쩍 들었다.

이미 수적으로도 질적으로도 싸움이 안 된다는 것을 알아차린 것이다.

"손들어! 움직이면 쏜다! 총 버려!"

경호 팀이 총구를 들이대자 그들은 서둘러서 총을 버렸다.

그러자 경호원들은 그들의 총을 수거하고 그들을 한곳에 몰아서 줄줄이 묶어 버렸다.

노형진은 그걸 보고 안도의 한숨을 내쉬었다.

"후우, 다행입니다. 운이 좋았어요."

만일 저들이 훈련받은 병력이었다면 이런 터무니없는 작전은 먹히지 않았을 것이다.

저들이 훈련을 받은 군 병력이나 경찰이었다면 산 아래서 천천히 포위하면서 위로 올라왔을 테지만, 저들은 그런 걸 몰라서 그냥 무작정 차량이 달려 올라간 큰길을 따라서 올라오다가 더 크게 타격을 입은 것이다.

"끄응……."

그렇게 그들을 제압하는 사이에 로빈이 어깨에 대충 붕대를 감고 나타났다.

"진짜로 대단한 작전이었습니다."

"운이 좋았습니다. 뒤로 따라올 줄은 몰랐거든요."

"운도 실력입니다. 분쟁국인 한국에서 군 생활을 했다고 하더니 대단하네요."

"하하하, 매년 군사훈련을 정기적으로 받아야 하니까요.

예비군이거든요."

"오, 역시. 대한민국은 강하군요."

"그럼요. 한국의 남자들은 대부분 예비군으로 편성되어서 활동합니다. 비상시에 어떤 군사적 작전이라도 할 수 있지요. 오죽하면 한국에는 오대 장성이라는 말도 있습니다."

"오대 장성?"

"병장이라고 불리는, 병사들 중 최고 계급이지요. 그쯤 되면 누구보다 뛰어난 군사작전 능력을 보유합니다. 그리고 그 후에도 의무적으로 매년 군사훈련을 하도록 되어 있지요."

"대단한 나라입니다."

존경스럽다는 표정으로 바라보는 로빈.

그러자 옆에 있는 무태식은 어이가 없다는 표정으로 노형진을 바라보았다.

"그건 좀……."

"내가 거짓말한 건 아니잖아요?"

"거짓말한 건 아닌데……."

과연 로빈이 예비군 훈련장에 와서 그들의 본모습을 본다면 어떤 표정을 지을까 생각하던 무태식은 고개를 절레절레 흔들었다.

"설마 예비군의 본모습이라고 다큐를 찍으러 오는 건 아니겠지?"

왠지 모를 두려움에 살짝 떤 무태식은 총을 휘둘러 정신이 나가 있는 납치범들을 구석으로 밀었다.

말은 하지 않았지만 충분히 그게 무슨 뜻인지 안 그들은 힘없이 구석으로 가서 주저앉는 수밖에 없었다.

"일단 정리되었으니……."

노형진은 고개를 돌려서 넓은 산을 바라보았다.

"이곳을 뒤지는 일만 남았네요."

"우리 영국을 위해 해 주신 용기 있는 행동에 감사드립니다."

사람들이 대피해 오자 영국 대사관은 바로 움직였다.

만일의 사태에 대비해서 경호 병력을 급하게 파견하고, 무관을 보내서 노형진을 도우러 온 것이다.

물론 그들이 도착했을 때쯤에는 이미 정리가 끝난 후였지만.

"대피한 사람들의 안전은 어떤가요?"

"다행히도 다친 분은 없습니다. 일단 대사관에서 안정을 취하고 있습니다."

"한국 대사관으로 연락은요?"

"두 시간 전에 했습니다."

노형진은 슬쩍 시계를 바라보았다.

'두 시간이라······.'

그 두 시간 사이에 영국 대사관은 자체 무장 병력을 보냈고 일본 대사관 역시 무관을 보내왔다.

또 다른 희생자가 있을 수 있었기 때문이다.

그뿐만 아니라 두 나라는 파키스탄에 압력을 넣어서 병력을 투입하도록 했다.

'그런데 한국은 전화 한 통 없다······.'

노형진은 머리를 절레절레 흔들었다.

기대도 안 했다지만 너무하다 싶었던 것이다.

"일단 우리가 구한 건 일부입니다. 여기서 납치된 사람들이 한두 명이 아니니까요."

"그럴 거라 생각합니다."

"저는 외국인만 말하는 게 아닙니다."

"네?"

"외국인도 납치해 오는 놈들이, 자국민은 납치하지 않겠습니까?"

영국의 무관은 고개를 끄덕거렸다.

"무슨 뜻인지 알겠습니다. 파키스탄 경찰은 믿을 수가 없겠군요."

"제 말이 그겁니다. 이 지역 말고 다른 곳에서 사람을 데리고 오도록 해야 할 겁니다."

"그렇게 하지요."

노형진은 그것 말고도 몇 가지 사실을 알려 주고는 들고
있던 총을 그에게 건넸다.

"전 이제 한국으로 가 봐야겠네요."

사건은 대충 마무리되었다.

여기 있는 사람들에 대한 조사는 자신이 할 수 있는 게 아
니었다.

"그러면 한국 대사관까지 태워다 드릴까요?"

노형진은 씁쓸하게 웃으면서 고개를 흔들었다.

"아니요. 그럴 필요는 없을 것 같네요."

"그렇기는 하지요."

심지어 영국인 무관조차도 씁쓸하게 웃으면서 말했다.

하긴, 한국 대사관의 무능은 다른 나라 대사관에도 익히
알려진 유명한 사실이니까.

"호텔로 데려다주십시오. 샤워하고 좀 쉬고 싶네요."

노형진은 이 지긋지긋한 화약과 먼지 냄새를 털어 내고 싶
을 뿐이었다.

⚖

─파키스탄에서는 벌어진 대대적인 조사 결과, 한국 여성 일곱 명
을 비롯하여 총 서른두 명의 외국인이 발견되었으며…….

─현지 정부는 그곳에 있는 여성에 대한 대대적인 조사를 시작하

였으며, 현재 조사 결과 대략 60%. 이상의 여성이 납치되어 성매매 등에 강제로 동원되었으며……

  -해당 지역 폭력 조직은 여행객들을 납치하여…….

노형진은 뉴스를 보다가 고개를 흔들고는 꺼 버렸다.

"안 아까워?"

"귀찮아."

이번 사건에서 한국 대사관이 한 것은 없었다.

그런데 어느 틈엔가 한국 대사관에서 국민들을 구하기 위해 노력한 것으로 포장되어 방송으로 나가고 있었다.

"하지만 자기들은 한 것도 없으면서."

"알아."

"그런데 왜 그냥 두는 거야?"

"파키스탄에 도시가 한 곳만 있는 게 아니잖아."

노형진이 그곳을 뒤집고 난 후에 영국과 일본 그리고 한국에서는 전문 조사 팀을 꾸려서 각 지역에 있는 이주민들과 해외 결혼자 그리고 혹시 모를 사태를 대비해서 집창촌에 대한 은밀한 조사에 들어갔다.

"내가 여기서 나서서 영웅이 될 수는 있겠지만, 까딱 잘못하면 그 은밀한 조사에 방해될 거야."

"그런가?"

"그래. 그리고 애초에 영웅이 되려고 간 것도 아니고."

이것이 법이다

노형진의 말에 손채림은 고개를 끄덕거렸다.

이번에는 위험성 때문에 그녀는 가지 못했지만, 그렇다고 해서 노형진이 왜 간 건지 모르지는 않았다.

"그래도 다들 가족에게 다시 돌아가서 다행이네."

"그렇기는 하지."

노형진은 시선을 돌려서 책상 위에 있는 신문을 물끄러미 바라보았다.

거기에는 공항에서 가족을 부둥켜안고 눈물을 흘리는 피해자의 모습이 대서특필되어 전면에 크게 박혀 있었다.

"거참…… 조금만 알아보고 결혼했다면 이 꼴은 당하지 않았을 텐데."

만일 여권만 확인했다면, 그리고 그가 진짜 유학생인지 아니면 외국인 노동자인지만 확인했다면 그녀의 인생이 이렇게 망가지지는 않았을 것이다.

"사랑이 죄지. 상대방을 너무 믿은 거야. 그리고 그게 큰 문제가 된 거고."

"웃긴 일이다, 사랑을 믿은 게 결국 인생을 망치는 지름길이 되다니."

"믿음을 완전히 잃어버린 세상이라……."

노형진은 의자에 길게 기대앉았다. 그리고 나지막하게 중얼거렸다.

"내가 백수가 되더라도 좋으니까 그런 세상이 왔으면 좋겠다."

암묵적 동의

"노 변호사, 시간 좀 있나?"

노형진의 사무실 앞에서 문을 두들기며 말하는 서승진 변호사.

노형진은 그를 보고 싱긋 웃었다.

"힘든 사건이 있나 보군요."

"어떻게 알았나?"

"그렇지 않고서야 서 변호사님이 절 찾아올 이유가 없으니까요."

서승진은 허허 웃으면서 사무실 안으로 들어왔다.

"이런 이런, 내가 좀 더 자주 들어와야겠구먼."

"아닙니다. 바쁘신 거 뻔하게 아는데요, 뭐."

그는 인권 팀을 이끌어 가는, 새론 인권 변호사들의 리더다.

한국에서도 인권 변호사계의 큰 어른으로 대접받는 사람이니 바빠서 쉽게 시간을 낼 수 없는 게 사실이다.

그러니 그런 그가 노형진을 찾아왔다는 것은 한 가지 의미뿐이다.

"골치 아픈 일이 터진 거군요."

노형진은 인권 변호사가 아니기는 하지만 가끔 그가 도움을 요청하면 나서서 도와주기는 했다.

오늘도 그런 일이리라 생각한 노형진은 하던 일을 멈추고 물끄러미 그를 바라보았다.

"그러네."

"뭐, 법적으로 상당히 어려운 일인가 봅니다?"

"법적으로라……. 법적인 문제가 아니네."

"아…… 그러면 보복 문제도 있나 보군요."

"그것도 있고."

"그거 말고도 또 있습니까?"

노형진은 어리둥절했다.

보통 인권 팀에서 가지고 오는 사건은 차후의 보복이 무서워서 제대로 고발하지 못하는 경우다.

그런데 그것 말고도 또 있다는 것은 의외였다.

"의뢰인이 미성년자라네."

"그래요? 그러면 부모님에게 도움을 요청하셔야지요."

"그게 말이지, 상대방이 부모님이야."

"끄응……."

법정대리인인 부모가 가혹 행위를 하는 거면 사건이 꼬인다.

물론 방법이 없는 건 아니지만.

"일단 보호 요청을 하는 것이……."

"그렇다고 가혹 행위를 하는 건 또 아니란 말이야."

"부모가 가혹 행위를 하는 건 아니라고요?"

"그래."

"그러면 일단 부모를 설득하는 게 좋지 않겠어요?"

"한두 명이어야지."

"한두 명이 아니라고요?"

"열한 명일세."

"허?"

노형진은 머리가 띵했다.

"그러니까 아이들이 열한 명이나 가혹 행위를 당하고 있는데 부모들은 그걸 모른 척한다 이건가요?"

"그래."

"미친 거 아닙니까?"

상식적으로 자기 자식이 맞고 오면 가서 담임의 멱살이라도 잡는 게 부모다.

그런데 아이들이 가혹 행위를 당하는데 모른 척한다니?

부모로서 가치가 의심되는 인간들이다.

"그게 말이지, 세영 중학교 수영부라네."

"중학교 수영부요?"

"그래."

"잠깐만…… 그 말은…… 스포츠계……?"

"그래……."

"아…… 골 때리네요."

스포츠계의 오래되고 고질적인 폭력은 수십 년째 이어지고 있다.

다른 선진국들은 체계적인 발전 단계와 과학적 분석법을 도입하고 있는데, 유독 한국은 오로지 정신력만을 외치면서 폭행과 가혹 행위로 훈련시키기 때문이다.

"그 학교의 수영부 감독이 무척이나 폭력적인 모양이야."

서승진은 사건 이야기를 담담하게 진행했다.

그 학교의 감독이 아이들에게 폭행과 가혹 행위를 일삼고 있다는 것.

그리고 아이들이 그에 저항하지 못하고 있다는 것.

"그 인간이 최소한 국내 최고 기록 수준은 나와야 하는 거 아니냐면서 구타하는 모양이야. 그 기록으로부터 1초 내에 들어가지 못하면 상습적으로 구타한다고 하더군."

"국내 최고 기록요?"

"그래. 뭐, 성인은 아니지만 그래도 너무한 거지."

"미친 거 아닙니까?"

우승이야 할 수 있다.

하지만 국내 최고 기록에 근접한다?

그건 쉬운 게 아니다.

일단 우승은 노력하는 자가 얻을 수 있는 것이지만, 최고 기록을 깬다는 건 그 자체로 그 사람의 재능이 평범하지 않음을 증명하는 것이기 때문이다.

"그게 가능합니까?"

"그게 문제야."

불가능에 가까운 일이기는 하지만, 그렇게 구타하면 기록이 빨라지는 것은 또 사실이라는 거다.

그래서 몇 번이나 도내 대회에서 우승했고 국제 대회에서도 우승하고……

"부모들은 그걸 보고 눈감아 버린 거군요."

"그래."

총체적인 난국이라고 해야 할까?

가혹 행위가 이루어지지 않게 감독해야 하는 학교와 교장은 학교의 명예를 드높인다는 개소리에 빠져서 모른 척하고, 부모는 일단 아이들의 성적이 좋아지니 모른 척한다.

결국 양쪽 보호자들에게 모두 버림받은 아이들은 지옥에 빠지는 수밖에 없다.

"하아, 이런 경우 대부분 그 감독이라는 놈이 골 때리는 놈이죠."

"용신대 출신이야. 거기에다 아시안게임 은메달리스트."

한국 체육계의 명문대라고 불리는 용신대.

거기에 아시안게임 은메달리스트라면 아주 끈끈한 인맥을 자랑할 것이다.

"학생들이 고발하면 매장당하겠군요."

"그렇다네. 사실 한 번 고발하기는 했어."

"그런데요?"

"부모가 바로 와서 취하해 버렸지."

이러다 맞아 죽겠다 싶었는지 한 학생이 고발했는데 부모가 와서 바로 취하했다고 한다.

그리고 그 학생은 진짜 개가 처맞듯이 맞았고.

"이건 뭐, 병림픽도 아니고."

"병림픽?"

"병신들의 올림픽이라는 뜻입니다. 그만큼 답이 없다는 거죠."

"인터넷 용어인가 보군. 정확한 말일세, 병림픽."

여기서 또 고발해 봐야 부모들이 취하할 것이다.

물론 그걸 막을 수도 있겠지만, 그렇게 되면 체육계의 끈끈한 정이 발동되어서 어린 학생들의 인생은 시궁창에 처박혀 버릴 게 뻔한 일.

거기에다 학교에서도 이번 사태에 대해 철저하게 실드를 칠 테니.

"처벌 수준도 기껏해야 벌금이나 집행유예 정도겠군요."

"그래."

잠깐은 조용할지도 모른다.

하지만 이런 사건은 절대로 한 번으로 끝나지 않는다.

"그 녀석이 복직하는 건 시간문제겠군요."

"내 생각도 그렇다네."

아시안게임 은메달리스트.

그 이름은 무척이나 강력하다.

잠깐 처벌을 받아도, 복직하는 것은 어려운 일이 아닐 것이다.

게다가 처벌받았다 해서 그 사람이 교육 스타일을 바꿀 가능성은 낮다.

아니, 없다고 봐야 한다.

'그것밖에 모를 테니까.'

애초에 다른 스타일의 교육 방식을 안다면 그 방식을 썼을 것이다.

그러나 자신이 배운 게 구타와 폭력으로 가르치는 것뿐인지라 계속 그 스타일을 유지하는 것이다.

"악순환이군요."

그래서 21세기인 지금도 그렇게 구타와 폭력으로 가르치는 인간들이 넘치는 것이다.

체계적인 교육법도 없이 정신력만 논하는 게 한국 체육계의 고질적인 문제다.

심지어 학교에서조차 그런 식으로 가르치는데, 체계적이고 과학적인 훈련 코스를 누가 알겠는가?

"그래서 저한테 오신 거군요."

"아무래도 법대로 하자니 여러모로 곤란해서 말이지."

어차피 아이들도 수영을 접을 각오로 나선 걸 테니 고발이야 하면 그만인데…….

"부모들이 문제군요."

"그래."

이 경우 아이들의 부모들은 폭행 및 방조범에 들어간다.

만일 동의서라도 써 줬다면 교사범이 될 수도 있다.

'집안이 박살 나겠지.'

경찰은 가차없이 수사에 들어갈 테고, 부모들은 모조리 전과자가 될 것이다.

"저라면 그냥 전과자로 만들 텐데요."

간단하고 확실하고 깔끔하다.

"참 피도 눈물도 없구먼."

"자기 자식을 팔아먹는 인간들에게 무슨 눈물이 필요합니까?"

정상적인 부모가 그런 상황을 알았다면, 아이를 수영부에서 빼든가 다른 곳으로 전학시켜 수영을 계속 가르쳤어야 한다.

"더군다나 말이지."

"또 뭐가 있습니까?"

노형진은 왠지 등골이 오싹해졌다.

지금도 개판인데 다른 문제가 또 있단 말인가?

"거기는 남녀공학이네."

"남녀공학요?"

"그래……."

"돌겠네요."

스포츠계에서 감독의 폭력적 교육 방식에 마치 세트처럼 따라오는 게 바로 성추행 의혹이다.

두들겨 패도 저항하지 못하는 걸 이용해 자신의 음험한 속셈을 감추지 않는 것이다.

더군다나 부모들에게도 사실상 허가받았다고 생각한다.

"거기에다 수영부라……."

어찌 되었건 수영이라는 것은 몸매가 드러나는 타이트한 수영복을 입고 하는 운동이다.

더군다나 중학생이면 슬슬 여자로서의 태가 나는 나이이고.

"말은 하지 않지만 없는 건 아닌 모양이야."

아이들이다 보니 무서워서 말을 하지 못할 것이다.

그러나 서승진은 변호사로서 벌써 수십 년을 살아왔다. 그 정도 눈치는 어렵지 않게 챌 수 있었다.

"열한 명이라고요?"

"그래."

"열한 명이면…… 숫자가 적군요."

"내 말이 그 말일세."

한 학교에 수영부가 고작 열한 명?

그건 말도 안 된다.

3학년으로 이루어진 교과과정이니 못해도 한 학년당 열 명 정도는 있어야 정상이다.

그 말은, 다른 사람은 현 상황에 불만을 가지고 그만뒀다는 뜻.

"남은 아이들이 성적이 좋기는 하지만……."

그건 폭력에 기반한 성적이다.

그리고 폭력으로 올라간 성적은 절대로 일정 이상 올라가지 않는다.

인간은 운동하다 보면 한계에 부딪힐 수밖에 없다.

그리고 과학적인 운동은 그 한계를 늘려 줄 수 있다.

하지만 폭력에 의한 성장은 예외다.

한계까지 빠르게 성장할 수는 있을지 몰라도, 그 한계를 돌파하지는 못한다.

"그런데 그 일은 어떻게 아신 겁니까?"

"다른 변호사에게 의뢰가 들어왔다네."

그러나 그 변호사는 자신이 할 수가 없어서 서승진에게 연락한 것이다.

고발하자니, 아이들이 차마 부모들을 고발하지는 못했으니까.

"그렇다고 선생만 고발하자니……."

"이미 한번 취하한 전적이 있고요."

이번도 마찬가지일 것이다.

기껏 고발해 봤자 부모가 나서서 취소할 테고…….

"음……."

"자네는 어떻게 생각하나?"

"일단은 사건 현장을 봐야겠네요."

섣불리 해결할 수 있다고 생각하지는 않는다.

하지만 그냥 둘 수도 없다는 생각이 든 노형진은 고개를 끄덕거렸다.

"도와드리지요."

"고맙네."

"고맙긴요. 저도 피해자라면 피해자거든요."

"피해자?"

"제 동생요."

"아, 그 똥 군기 사건?"

노형진의 입양한 동생쯤 되는 서세영이 학교에 입학했다

가 똥 군기 때문에 학교를 폭파시켜 버리고 그만둔 사건은 제법 유명했다.

"그딴 식으로 가르치니 나라가 발전하지 않는 겁니다."

"그렇기는 하지. 양궁계를 보게. 얼마나 깔끔한가?"

"그렇지요."

폭행도 없고 구설수도 없다.

오로지 실력뿐이다.

그리고 체계적이고 과학적인 훈련을 통해 한국의 양궁은 전 세계 1위라는 자리를 몇 년째 놓치지 않고 있다.

"일단은 자리를 만들어 주겠네."

"그래 주시면 감사하지요. 그나저나 이거 어떻게 해결해야 하나. 참…… 고민이네요."

노형진은 인상을 쓰면서 고민에 빠졌다.

⚖

"노형진이라고 한다."

얼마 후 앳되어 보이는 학생들 앞에서 노형진은 인사를 건네고 있었다.

"여기는 손채림. 우리 회사 직원이야."

"안녕? 뭐 맛있는 것 좀 먹을래?"

아이들이 편하게 이야기할 수 있게 회의실보다는 아이들

이 좋아할 만한 디저트 카페에서 만났지만 아이들의 얼굴은 펴질 생각이 없었다.

'확실히 단순히 어른을 만난다는 그런 느낌은 아니야.'

어른을 만나서 조심한다거나 경계하는 게 아니다.

뭔가에 주눅이 잔뜩 들어 있는 듯한 모습.

"일단 이야기는 들었다."

노형진은 아이들에게 케이트를 한 조각씩 사 주면서 먼저 입을 열었다.

"선생님이 많이 때린다면서?"

"네……."

"그래서 수영을 그만두고 싶니?"

대부분의 아이들은 고개를 조금씩 끄덕거렸다.

"사실대로 말해 주면 된단다."

손채림의 말에 갑자기 눈을 찡그리는 아이들.

"왜 그러니?"

"아니요. 아니에요."

갑자기 얼굴이 어두워지는 아이들을 보면서 노형진은 왜 그런지 이유를 알 것 같았다.

"사실대로 말하라는 그 말 때문이야."

"어? 그게 왜?"

"대부분의 어른들이 아이들을 세뇌할 때 쓰는 말이거든."

"뭐?"

"이런 거지."

감출 게 있다고 하면 아이들에게 '나는 너희들을 사랑해서 한 거다.'라고 하거나, 고발이 들어왔을 때 아이들을 잔뜩 세뇌시키고 말할 때가 되면 '사실대로 말해 보렴.' 같은 식으로 언질을 준다는 것.

"그러다 보니 아이들이 '사실대로'라는 말에 예민하게 반응하지. 거짓말하라는 뜻인 경우가 대부분이니까."

"미친놈들."

손채림은 어이가 없다는 듯 말했다.

"사실대로라는 말보다는 있는 그대로라든가, 아니면 네가 겪은 대로 말하라고 하는 게 더 맞아. 잘 쓰지 않는 표현이니까 정신적 압박감은 덜하지."

"미안하네."

"뭐, 그럴 수도 있지."

노형진은 그렇게 말하면서 손채림에게 눈짓했다.

"사람이 많으니까 나눠서 하자."

"그럴까?"

열한 명 중 남자는 여섯 명, 여자는 다섯 명.

손채림은 아이들을 데리고 구석에 있는 다른 자리로 향했다.

미리 이야기가 되어 있었기 때문에 그곳으로 자리를 옮기는 건 어렵지 않았다.

"자, 마음 편하게 이야기해 보자."

"진짜로 해도 돼요?"

"그럼. 내가 인생 선배로서 한마디 해 줄까?"

"뭔데요?"

"지르려고 할 때는 팍 질러야 해. 어쭙잖게 남기면 나중에 억울해져."

아이들은 잠깐 눈치를 보다가 조심스럽게 입을 열었다.

그러나 시작이 그랬을 뿐, 어느 정도 시간이 흐르자 말하는 데에 거침이 없었다.

노형진의 말대로 일단 입을 열자 자연스럽게 그 뒷이야기가 술술 나왔다.

"사실은 맞지 않는 날이 없어요."

"그래?"

"네."

감독의 요구는 단순했다.

중학생 최고 기록과 동일한 시간대에 들어올 것.

가령 200미터 중학생 최고 기록이 2분 28초대라면 최소한 2분 29초 내에는 들어와야 한다는 것이다.

만일 못 들어오면 계속 구타가 이어진다는 것.

"그래도 그냥 넘어가는 날이 하루쯤은 있지 않아?"

아이들은 힘없이 고개를 흔들었다.

천재적이라고 하는 아이들이 세우는 기록을 범재인 아이

들이 따라가는 데에는 한계가 있다.

　더군다나 최고 기록은 점점 줄어들 수밖에 없다.

　당연히 감독이 요구하는 시간은 더 줄어든다.

　'미친놈이네, 그 새끼도.'

　세계 최정상 수영 선수들의 차이는 1~2초 단위가 아니다.

　0.1초, 또는 그 이하로 승부가 갈리는 것이 바로 수영이
다.

　그런데 아무리 수영 꿈나무라고 하지만 최고 기록을 1초
내로 따라잡으라는 것은 불가능하다.

　"성공한 적은 있니?"

　"네……."

　"그러면? 그걸로 끝?"

　"아니에요……."

　운이 좋아서 한번 성공해도, 다음 날 다시 시작이다.

　컨디션이 좋은 날과 안 좋은 날의 차이 따위는 인정하지
않는다.

　"그러면 보통은 어떻게 때리니?"

　"보통은 뺨이나 배나 손바닥이나 가슴팍을……."

　"뺨이나 배나 손바닥이나 가슴팍?"

　"네."

　"허벅지가 아니고?"

　"운동에 방해된다고."

허벅지는 수영할 때 힘이 많이 들어가는 부위다.

당연히 아프면 운동을 못 한다.

'그래도 그렇지, 배와 가슴을 때려?'

여러모로 문제가 많은 행동이다.

배를 때리면 장기에 충격을 줄 수 있고, 가슴을 때리는 경우에는 잘못하면 심장마비가 올 수도 있기 때문이다.

그리고 뺨은 손자국이 남으니 문제가 될 게 뻔하다.

'그래서 부모들이 동의해 줬다 이거군.'

부모들이 동의하지 않았다면 분명히 문제가 생겼을 것이다.

동의해 줬고, 맞는 걸 알고 있으니까 얼굴을 때리는 것.

"그리고……."

왠지 말하기를 주저하는 아이들.

"왜 그러니? 뭐 말하지 못할 거라도 있니?"

"그게……."

"편하게 말해. 너희가 많이 말할수록 그 인간은 너희들에게서 멀어진다."

"사실은 낭심도……."

"낭심? 잠깐, 낭심이면……."

남자의 성기를 뜻한다. 보통은 고추라 불리는 그곳.

"그곳을 때린다고?"

"때리지는 않고…… 당겨요, 아주 강하게."

"당겨?"

"네."

아이들의 낭심을 손으로 잡아당긴다는 것.

그건 명백하게 성추행이다.

그런데 그다음 말은 더 가관이었다.

"한 번은 그러다가 여자애들 앞에서 팬티가 벗겨진 적도 있어요."

"뭐? 그러면 그런 걸 여자애들 앞에서 한다는 거야?"

"네."

'이거 제대로 미친놈이네?'

상식적으로 구타만으로도 문제가 되는데 성추행을, 그것도 다른 여자애들 앞에서 한다?

'아무리 성적이 좋아도 그렇지.'

노형진은 어이가 없어서 머리를 절레절레 흔들었다.

이건 단순 폭행범 수준이 아니라 그냥 인간쓰레기다.

"더 말할 거 있니?"

그렇게 하나씩 이야기가 나오기 시작하자 이건 뭐, 끝도 없이 나왔다.

탈의실에서 홀딱 벗기고 엎드려뻗쳐를 시킨 다음에 발로 차서 넘어트린 적도 있고, 팬티 속에 얼음을 넣고 움직이지 못하게 한 적도 있다고 했다.

"그렇구나."

노형진은 사건을 들으면서도 애써 평안한 척했다.

이건 누가 봐도 제정신이 아니다.

폭행도 문제인데, 이 정도로 심각하게 아이들을 괴롭힐 줄이야.

"더 있니?"

"아니요. 다 말한 것 같아요."

무려 두 시간 가까이 이야기를 듣고 나서야 그 악행은 정리가 되었다.

때마침 여자아이들과 이야기를 마친 손채림 역시 아이들을 데리고 다가왔다.

"끝났어?"

"어. 그쪽은?"

"우리도."

"수고했어. 혹시 목 안 마르니? 너희들 다 한참 이야기했잖아. 먹고 싶은 거 있으면 다 말해. 사 주마."

그나마 아까보다는 좀 더 얼굴이 나아진 아이들은 이것저것 고르기 시작했고, 노형진은 아이들을 위해 아낌없이 그것들을 주문했다.

"어때?"

노형진은 손채림에게 물었다.

남자아이들에게 이 정도면 여자아이들에게 무슨 짓을 했을지는 참 너무 뻔하게 보인달까? 그런 느낌이었다.

"아주 개놈의 새끼더만."

구타는 흔하게 벌어졌다. 그건 여자아이들에게도 마찬가지였다.

여자아이들의 수영복에도 얼음을 집어넣고 구경을 했다고 한다.

"미친놈이네."

하긴, 남자에게 그런 짓을 하는데 여자아이들한테 하지 않을 리 없다.

"더군다나 조심스럽기는 한데, 수영복 위로 더듬는 경우도 많더래."

"어디? 가슴?"

"어…… 거기도."

"'거기도'라고 하면……."

당연히 여성의 특정 부위를 포함한다는 뜻이다. 엉덩이 또는…….

"이런 미친 새끼를 봤나!"

이건 대놓고 성추행한 거다.

"강간이 아직 벌어지지 않은 게 다행이라니까."

"이대로 두면 강간도 벌어질 거야."

절대적인 권력을 가진 남자가 여자를 성추행하기 시작하면 강간으로 넘어가는 것은 시간문제라고 봐야 한다.

더군다나 해당 여성이 어리고 부모들까지 사실상 방임하고 있다면, 100% 강간으로 넘어간다고 봐야 한다.

'그때 가서 눈물 흘리면서 후회해 봐야…….'

그때는 의미가 없는 일일 뿐.

"일단 이 인간의 악행은 뭐, 부정할 수가 없는 건데."

"그렇지?"

누군가 누명을 씌우기 위해 조작했다고 보기에는 너무 치밀하고, 또 상황이 이해가 간다.

더군다나 한 명도 아니고 열한 명이 동시에 같은 증언을 한다는 것은 심각한 문제가 있다는 소리다.

"서승진 변호사님이 우리한테 맡긴 이유가 있었네."

사실상 범죄가 저질러지고 있는데 신고하질 못하니 속이 터질 수밖에 없을 것이다.

"일단은 학교에 이야기해 봐야지."

"학교에?"

"설득이 우선이잖아."

노형진과 서승진이 아무리 변호사라고 하지만 친권을 무시할 수는 없다.

그들이 아이들을 방치하는 게 확실하다고 하지만 무조건 모른 척하고 신고할 수도 없고.

"설득해서 자연스럽게 처벌할 수 있게 만드는 게 최선이기는 한데."

그게 쉬울 리 없다는 것은 노형진도 알고 있었다.

⚖️

"아이들을 위해 학교에서 고발을 진행하는 게 좋다고 생각합니다."

아이들을 위해 부모님과 연락하자 의외로 엉뚱한 사람이 함께 나왔다.

다름 아닌 교장이었다.

"고발이라니! 무슨 말을 그렇게 하세요?"

"무슨 말을 그렇게 하다니요?"

"그게 다 아이들을 위해 하는 일입니다! 아이들을 위해서요!"

손채림은 이 미친놈이 무슨 개소리를 하는 건가 하는 표정으로 머리가 까진 교장을 바라보았다.

"그렇지 않습니까? 요즘 같은 시대에 뭐 하나 잘한다는 것이 얼마나 중요합니까? 그 애들은 수영 꿈나무예요. 잘 성장하면 한국 스포츠계의 미래를 이끌어 갈 재목들이라고요."

"하지만 아이들에게 폭행이 가해지고 있는데요."

어차피 교장은 어떻게 해서든 사건을 덮고 좋게 좋게 넘어가려고 할 게 뻔하기 때문에 노형진은 교장 대신에 다른 학부모들을 바라보면서 말했다.

"하지만 학교의 명예가 있는데……."

애써 사이에 끼어드는 교장.

노형진은 단호한 어조로 그의 말을 잘랐다.

"명예도 좋지요. 하지만 그건 자연스럽게 생기는 거지, 폭력으로 쌓아 올린 명예는 명예가 아니지요."

그건 그냥 가혹 행위일 뿐이다.

진실이 드러나면 찬란하게 빛나는 게 아니라 학교를 시궁창에 처박아 버릴 미끼.

"그러니까……."

말을 흐리기는 했지만 교장의 목적은 알 것 같았다.

일이 커지기 전에 덮고 싶다는 뜻이다. 학교의 명예가 있으니까.

'그놈의 명예 같은 소리 하고 자빠졌네.'

하지만 노형진은 학교의 명예 같은 걸 믿는 사람이 아니었다.

더러운 걸 감춰서 얻은 명예 따위는 아무런 가치가 없다는 걸 알기 때문이다.

진짜 명예는 잘못된 걸 인정하고 그걸 고치는 데서부터 시작된다.

"우리는 일을 크게 만들기 싫으니까 당신들이 손 떼요."

"하지만 아이들은요?"

"우리 아이들은 우리가 키운다는데 변호사가 무슨 상관이야!"

부모들은 노형진을 보면서 언성을 높였다.

명백하게 범죄가 이루어지고 있고 그로 인해 아이들에게 큰 피해가 발생하고 있는데, 그들은 주저 없이 노형진과 서승진에게 물러나라고 했다.

"안 그러면 우리가 당신들 고발할 거야! 알아들어?"

부모들이 학교 측을 편들어 주면서 도리어 고발하겠다고 덤벼들자 조용히 듣고 있던 손채림은 저절로 표정이 일그러졌다.

마치 자신의 아버지를 보고 있는 느낌이었다.

자식은 오로지 자신을 빛내는 도구이니 자식의 기분이 어떻든 자신은 승리자여야 한다는 생각을 가진 부모들.

그리고 그로 인해 고통받는 아이들.

"당신들 말이야, 부모로서 자각이 있는 거야, 없는 거야!"

"뭐?"

"아니, 명색이 부모라면, 애가 원하는 게 뭔지 알아야 할 거 아니야! 아이 생각은 안 해?"

"이 여자는 뭐야?"

"네가 애를 낳아 보질 않아서 그래. 애한테 제일 좋은 게 뭔데? 미래를 위해 탄탄한 커리어를 쌓아 두는 게 제일 중요하다고."

"커리어?"

이제 고작 중학생이다. 그런데 커리어라니?

"아직 철이 없구먼. 나폴레옹이 뭐라고 했는지 알아? 병사
들에게 가장 최고의 복지는 실전과 같은 훈련이다. 세상이
만만한 줄 알아? 미리 준비하지 않으면 인생의 패배자가 되
는 거야. 루저가 되는 거라고. 알아?"

"뭐라고!"

손채림은 결국 분노를 참지 못해 폭발하고 말았다.

자신을 인생의 패배자라고 부르던 누군가가 생각난 것이
다.

"지금 그걸 말이라고 하는 거야!"

당장 판을 뒤집을 기세로 언성을 높이던 손채림은 누군가
어깨에 손을 올리는 느낌에 고개를 돌렸다.

"형진아."

"무리하지 마."

노형진이 고개를 흔들면서 차분한 목소리로 말하자 손채
림은 그제야 조금씩 열이 식는 느낌이었다.

"미안."

"아니야. 이해해."

자신이 봐도 손하균이 생각나는 인간들인데 당사자인 손
채림의 입장에서는 감정이입이 되지 않을 리 없다.

"일단 물러나 있어."

"알았어."

손채림이 흥분을 가라앉히고 뒤로 물러나자 노형진은 다시 앞으로 나서서 그들을 설득했다.

"아무리 커리어가 중요하다 해도 지금도 중요합니다. 지금은 인성이나 사회를 보는 그릇과 시선이 완성되어 가는 시점입니다. 그러니 그걸 위해서라도 범죄에서 구해 줘야 합니다."

"인성이 사람 밥 먹여 주나?"

"이기면 장땡인 거라고."

하지만 눈도 깜짝하지 않는 사람들.

"인성이니 정의니 하는 건 죄다 인생에서 패배한 루저들의 변명입니다. 그 부분을 아셔야지요. 우리 학교에서는 우리 아이들이 그렇게 루저의 삶을 살게 할 생각이 없습니다."

"맞아요."

"교장 선생님의 말씀이 맞습니다."

교장은 부모들이 자기편이라는 것을 확신하자 도리어 더 공격적으로 나왔다.

"우리가 괜히 명문이라고 불리는 게 아닙니다. 다 이유가 있다고요."

노형진은 비웃음이 비실비실 올라왔다.

'명문이라……'

사실 그들 학교는 명문이라고 할 수가 없는 곳이다.

명문이라고 하려면 그에 맞는 전통이 있어야 하는데, 이 학교의 역사는 채 10년도 안 되었다.

당연히 학교를 대표하는 인물이나 일가를 이룬 사람도 없고.

'하긴, 어쩌면 그래서 더 당연한 것인가?'

자칭 명문이라고 하지만 정작 이룩한 건 없으니 자신들을 어필할 수 있는 방법이 스포츠뿐이었을 것이다.

'이건 죄다 자격 미달이네.'

교장과 선생, 심지어 부모들까지, 전혀 세상을 모르는 바보들만 있는 분위기.

"그리고 애초에 말했다시피 우리는 당신들의 감언이설에 안 속아. 당장 물러나지 않으면 당신들을 고발할 거야."

서승진은 고개를 흔들었다.

"그만두세. 말이 통해야 말이지."

"그러지요."

노형진도 눈을 찡그리면서 물러났다.

저쪽에서 해결의 의사가 없다면 그로서도 해결할 수 있는 방법이 없었네.

"와, 어떻게 저런 인간들이 있을 수가 있지?"

손채림은 진심으로 화를 냈다.

아무리 성공에 눈이 멀었다고 해도, 자기 자식이다.

그런데 자기 자식을 위한다는 이유로 저렇게 방치하는 인간들이 있을 거라고는 생각도 못 했다.

"인간의 욕심을 너무 만만하게 보지 마. 엄밀하게 말하면 자기 자식도 남이라고 생각하는 인간들 많아."

"허어?"

"맞네. 모든 사람이 부모의 자격을 가지고 있는 것은 아닐세."

화내는 손채림에게 말하는 노형진과 서승진.

"너, 성 접대를 요구하는 녀석들에게 자기 자녀 손 잡고 가는 놈들이 얼마나 많은지 알면 놀랄걸."

"설마."

"설마가 아니라 현실이야."

실제로 연예인을 시키겠다고 자기 자녀를 성 접대에 동원하는 인간들이 제법 있다.

그들의 머릿속에는 인간에 대한 존중이라는 것이 없다.

오로지 성공 그 자체뿐.

"인간이 어떻게 저 정도로 비틀릴 수가 있는 거지?"

"나도 모르지."

노형진은 고개를 흔드고는 서승진을 바라보았다.

"이래서 도움이 필요하다고 한 거군요."

"그래."

어찌 되었건 저들은 법적으로 아이들의 부모다. 그러니 법정대리인이다.

문제는, 그 보호자가 피보호자인 아이들이 당하고 있는 고통에 대해서 알면서도 방치하고 있지만 그걸로 고발을 넣고 친자 관계를 끊어버리기에는 부족하다는 것이다.

고발을 넣는다고 한들, 한국의 법원은 친자 관계에 대해서 상당히 중요하게 생각하기 때문이다.

"오죽하면 아이들이 차라리 고아원에 가겠다고 하겠나."

"흠."

고작 중학생 정도밖에 안 되는 아이들이 부모들을 고발한다는 것은 심리학적으로 불가능에 가깝고, 설령 한다고 해도 부모들이 처벌은 받을지언정 아이들이 저 상황에서 탈출할 방법은 요원하다.

"아마 처벌도 벌금 정도에서 끝나고 아이들을 다시 부모에게 돌려보내겠지요."

아버지라는 인간이 자녀를 강간해도 다시 그 아비에게 돌려보내는 게 우리나라의 법원이다.

그들의 입장에서 이 정도의 방치는 아이들이 감당할 수 있는 수준이라고 생각할 게 뻔했다.

"그게 말이나 되느냐고. 아이들이 무슨 장난감이야?"

"애석하게도 우리나라는 아이들의 인권에 대해 무지하지. 대부분의 경우에는 아이들에게 그냥 어른이 시키는 대로 하라고 한다네. 일종의 세뇌 교육이지."

서승진은 안타깝다는 듯 말했다.

"세뇌 교육요?"

"그래. 언제 아이들에게 아이로서의 감성을 요구하는 거 본 적 있나?"

"음⋯⋯."

"암기와 성적만 강요할 뿐이지, 아이로서의 감성은 무시하지 않나."

학생 인권이니 하는 정치적인 문제가 아니라 아이들의 정신적 건강이 달려 있는 문제다.

그런데 정작 우리나라에서 그런 건 철저하게 무시된다.

무한 경쟁으로 떠밀린 아이들의 정신이 마구 무너지고 인성이 망가져도, 오로지 이기기 위한 경쟁만을 시킨다.

친구란 없다. 오로지 경쟁자만 존재하며, 자신이 밟고 올라가야 할 사람만 있다.

"초등학생에게 고등수학을 미리 가르치는데 아이들이 제대로 성장하겠나?"

타인과 교감하는 능력이 없는 아이들이니 사회에 나가면 문제를 일으키게 된다.

"예민한 문제네요."

"우리가 말하는 게 그거야. 인권이라는 것은 단순히 권리만 챙기는 게 아니야. 정신 건강도 함께 챙기는 거지. 나도 아이들이 인권을 핑계로 범죄를 저질러도 처벌받지 않는 것에는 반대하네. 하지만 최소한 인성 교육을 받을 기회는 있어야 하지 않겠나? 하지만 지금은 아예 인성 교육 자체가 없으니……."

물론 도덕 과목이 있기는 하다.

하지만 그 도덕도 진짜 인성 교육이 아니라 그저 이론에 대한 교육을 할 뿐이다.

심지어 몇몇 학교들에서는 그마저도 국영수 수업으로 몰래 대체하는 경우도 적지 않고.

"음……."

노형진은 그 말을 들으며 잠깐 턱을 문질렀다.

"이거 해결하는 건 포기하지 않으실 거죠?"

"할 수가 없지. 지금 이게 우리만의 문제가 아니지 않나?"

아이들의 미래, 그리고 한국의 미래가 달려 있는 일이다.

당장 이 상태를 보고도 그냥 물러나면 조만간 가해자는 성추행범에서 강간범으로 돌변할 것이다.

'그리고 그렇게 되면 과연 저들이 아이들을 챙겨 줄까?'

노형진은 거기까지 생각하고는 머리를 휘휘 저었다.

대부분의 경우 일이 그렇게 되더라도 성공을 위해서라면 모른 척할 가능성이 높다.

"하지만 법적으로 싸우자니 방법이 없어. 우리에게 무슨 권한이 있는 것도 아니고."

기본적으로 법적으로 싸우기 위해서는 권리를 가진 사람

이어야 한다.

하지만 자신들은 변호사지, 권리를 가진 사람이 아니다.

물론 아이들이 고발하면 될지도 모르겠지만, 법정대리인인 부모들이 나서는 것은 절대 막을 수 없다.

"그렇다면……."

노형진은 잠깐 침묵을 지켰다.

그리고 천천히 입을 열었다.

"누구 하나 죽기 전에는 이 일이 해결되지 않겠네요."

"그렇겠지."

"그렇다면 한 명 말고 여럿 죽는 건 어떨까요?"

손채림과 서승진은 멍하니 노형진을 바라보았다.

소문의 힘

"너희들, 진짜로 이곳에서 벗어날 생각이 있니?"

아이들은 서로를 바라보았다.

"지금부터 뭐든 하려고 하는데, 엄밀하게 말하면 너희들 중 한 명이라도 배신하면 이건 실패할 거야. 그러니 묻는 거야. 만일 지금이라도 벗어나기 싫다고 생각한다면 여기서 나가서 모른 척해."

아이들은 침묵을 지켰다.

하긴, 어찌 보면 고작 중학생들에게는 너무 무거운 질문일 것이다.

"물론 너희들한테 문제가 되는 건 아니야. 하지만 이대로 가면 너희들한테 좋지 않은 일이 벌어질까 봐 걱정하는 거야."

손채림은 약간 불안해하는 아이들을 다독거리면서 말했다.

아무래도 이런 말은 남자보다는 여자가 하는 게 덜 위협적이기 때문이다.

"너희들의 안전을 위해 선생님을 쫓아내려고 했는데……."

감출 만한 사항이 아니었기 때문에 그녀는 사실대로 말했다.

아니나 다를까, 아이들은 한숨을 쉬면서 고개를 푹 숙였다.

"알고 있었어요, 우리 부모님이 그러실 거."

"그래?"

"네."

매달려서 울어도 보고 빌어도 보고 다 해 봤지만, 부모님들은 미래를 위한 거니 조금만 참으라면서 철저하게 아이들의 말을 무시했다고 했다.

'역시나.'

예상대로의 상황이었다.

폭행을 모른 척하는 부모들은 많다. 자기가 하지 않으면 학대가 아니라고 생각하는 것이다.

"그러면 우리가 부모님을 고발해야 하는 건가요?"

심적으로 압박을 느낀 아이들은 얼굴이 사색이 되었다.

아무래도 부모를 배신한다는 것은 아이들에게 부담이 될 수밖에 없었으니까.

"아니야. 그럴 일은 없다."

노형진은 고개를 흔들었다.

"다만 너희들이 최선을 다해 줬으면 한다."

"최선요?"

"다음 주에 수영 대회 있지?"

"네."

다음 주에 대형 도지사배 수영 대회가 있다.

그걸 떠올린 아이들의 아이들이 어두워졌다.

그날 좋지 않은 성적이 나오면 또다시 개처럼 처맞을 게 뻔하기 때문이다.

"아저씨도 우리가 이겨야 그 사람이 이걸 그만둘 거라 생각하는 거예요? 아니에요. 우리, 다른 대회에서도 몇 번 이겼어요."

그러나 폭력은 줄어들지 않았다.

점점 더 무리한 요구를 해 오고 점점 더 고통스러워질 뿐이었다.

'그렇겠지.'

물론 체육계의 폭력이 고질적인 문제라고 하기는 하지만, 이들을 이끌고 있는 감독처럼 상습적으로 이루어지지는 않는다.

대부분의 경우 그런 사람들은 사디스트 성향을 가지고 있으며, 그 욕망을 충족하기 위해 폭행하는 것이다.

'그러고 보니 옛날 생각이 나는군.'

과거에 공부한 사례 중에 이런 일이 있었다.

학교에서 호랑이 선생님으로 유명한 수학 선생님이 과도한 폭력을 사용한 사건.

하지만 어찌 되었건 아이들을 수학 경시 대회에 내보낼 정도로 실력이 좋았기 때문에 학교에서는 모른 척했고, 결국 과도한 폭력으로 아이가 반신불수가 되어 경찰이 수사에 들어갔다.

그런데 조사 결과 그는 사디스트, 그러니까 가학 행위를 통해 즐거움을 느끼는 사람이라는 것이 드러났다.

더군다나 그가 선생님이라는 직업을 고른 이유도, 그 당시만 해도 선생님은 아이들을 때려도 직업상의 이유로 처벌받지 않았기 때문이다.

'그런데 아직도 그 버릇을 못 고쳤다니.'

노형진은 그 사건을 생각하고는 고개를 흔들었다.

"이기는 건 중요한 게 아니야. 아, 물론 이기는 게 중요하기는 하지. 하지만 너희가 다른 사람들의 눈에 띌수록 그들은 더 크게 벌을 받을 거야."

"네? 벌을 크게 받는다고요?"

"그래. 모든 일에는 반작용이 있는 법이거든."

"반작용요?"

"그래."

노형진은 씨익 웃었다.

$$^{⚖}$$

"힘내라! 힘내라!"

"우리 아들 잘한다!"

"딸! 조금만 더 힘내!"

목청껏 소리 지르며 응원하는 부모들.

그 모습을 본 손채림은 구역질이 난다는 표정으로 뒤로 물러났다.

"뭐 저딴 새끼들이 다 있어?"

자녀들이 맞든 말든 성추행을 당하든 말든 강간을 당하든 말든 실적만 좋으면 된다는 인간들이 이곳에서는 마치 좋은 부모라도 되는 것처럼 목소리를 높여서 응원하는 걸 보니 자꾸 자신의 아버지인 손하균의 모습이 생각나는 건지 손채림은 은근히 목소리가 떨리고 있었다.

"실적이 드러나는 순간이니까. 저들에게 필요한 것은 그것뿐이야. 실적."

"모르는 바는 아닌데, 너무하잖아. 어떻게 저렇게 가면을 쓰지?"

"그러게나 말이다."

노형진은 씁쓸하게 말하면서 고개를 돌렸다.

수영장에서는 아이들이 사력을 다해서 수영하고 있었다.

"우와!"

"잘한다!"

근소하기는 하지만 앞서 나간 남학생 한 명이 먼저 벽을 터치하면서 금메달을 확정 지었고, 부모들은 그 모습에 열광했다.

"우와!"

"만세!"

"우리 아들 잘한다!"

신이 나서 소리 지르는 부모들.

노형진은 시계를 흘깃 바라보았다.

"어디 보자…… 최고 기록보다는 늦네."

"그러게."

노형진은 그렇게 말하면서 아래쪽에 있는 감독에게 시선을 돌렸다.

"야, 이 개새끼야! 똑바로 못해! 시간이 늦잖아!"

분명히 우승했다. 금메달이다.

그러나 돌아온 것은 칭찬이 아니라 욕설이었다.

"헐, 아주 대놓고 하네?"

"저 정도는 흔한 일이니까. 그리고 저런 걸 교육의 한 방식이라고 생각하는 사람들이 많거든."

노형진의 말대로 주변에서는 그가 욕을 하든 말든 신경 쓰지 않았다.

일부가 잠시 눈을 찡그리기는 했지만 그게 끝이었다.

"일단 개인 금메달 네 개에 단체 금메달 한 개라……. 성적이 나쁜 건 아니네."

"그렇지?"

한 개 중학교에서 이 정도 성적을 내기는 쉽지 않다.

그리고 예상대로 기자들은 그런 좋은 실력을 가진 아이들에게 달라붙어서 사진을 찍으면서 취재에 열을 올렸다.

하지만 그 숫자는 생각보다 많지 않았다.

"의외네. 기자들이 많을 줄 알았는데."

"큰 대회는 아니니까."

기껏해야 도지사배 수영 대회다.

전국급 대회도 아니니 그다지 신경을 쓰지 않는다는 느낌이 강했다.

"물론 지역신문들은 관심을 가지겠지만."

전국구급 신문들이 관심을 가지기에는 좀 규모가 작은 것이 현실.

"중요한 건 메달을 땄다는 거지."

그리고 그게 주변에 알려졌다는 것이고.

"좋아 보이지는 않네."

학교가 우승했지만 아이들의 반응은 좋지 않았다.

힐끔거리면서 감독의 눈치만 보고 있었다.

최고 기록을 갱신하지 못했으니 학교에 가면 폭행당할 거라는 걸 알고 있기 때문이다.

"그것도 오늘까지만이야."

노형진은 자리를 툭툭 털고 일어났다.

"원래 죽은 자는 좋은 시선을 받는 법이거든, 후후후."

⚖

다음 날, 노형진은 한적한 공원에서 아이스크림을 빨면서 아이들을 기다리고 있었다.

그렇게 한참을 기다리자 아이들이 저 멀리서 다가오는 것이 보였다.

"딱 맞춰서 왔구나."

"네."

"필요한 건 다 챙겨 왔고?"

"네, 여기요."

각자 준비한 물건들을 내미는 아이들.

노형진은 그것들을 받아 들고는 씩 웃었다.

"그동안 고생들 했다. 자, 이제 우리, 여행이나 갈까? 뭐

하고 싶어?"

"어…… 그런데 진짜로 이래도 되는 거예요?"

"그럼. 물론 잠깐은 혼란스럽겠지만, 이렇게 하면 이제 평생이 편해진다."

노형진의 말에 아이들은 결국 고개를 끄덕거렸다.

어제도 시간이 늦었다는 이유로 감독에게 맞아야 했다.

특히 여자애들은 자신의 성기를 더듬는 감독의 행동에 몸서리쳐야 했다.

"보아하니 무슨 일이 있었구나?"

"사실은……."

"말해 보렴."

"어제 부모님한테 수영을 그만두면 안 되냐고 물어봤어요."

"그래?"

그런데 의외로 노형진은 별로 놀라지 않았다.

사실 충분히 예상할 수 있는 일이었다.

이런 짓을 할 만큼 절박해진 아이라면, 그래도 혹시나 하고 마지막으로 부모에게 도움을 청하게 되어 있으니까.

"그런데 뭐라고 하시던?"

"감독님한테 감사하래요. 이렇게 좋은 성적을 낼 수 있었던 것은 감독님 덕분이라고."

"하아?"

노형진은 고개를 흔들었다.

"그럴 것 같았다."

"네?"

"애초에 부모님이 너희 말을 듣지도 않았잖니. 그런데 실적이 나왔으니 더 너희 말을 듣지 않을 수밖에."

아이들은 입술을 지그시 깨물었다.

"물론 난 너희들에게 지금 상황을 강요할 생각은 없어. 그냥 돌아간다고 해도 상관은 없단다."

하지만 아이들은 서로를 바라볼 뿐 쉽사리 움직이지 않았다.

금메달을 따도 두들겨 맞는 판국이니 상황이 나아질 가능성은 전혀 보이지 않았던 것이다.

"하지만 그만둘 거라 해도 모른 척하고 있거라. 친구들에게 그만둘 기회라도 줘야 하니."

"맞아. 그만두려면 입이라도 다물고 있어. 우리는 끝까지 갈 거야."

특히나 직접적으로 성희롱의 대상이 된 여자아이들은 다른 아이들을 보면서 날카롭게 말했다.

자신을 바라보는 감독의 시선이 점점 미묘하게 변하는 것을 못 알아챌 아이들이 아니었기 때문이다.

몇몇은 서로를 바라보기는 했지만 물러서거나 돌아가는 아이들은 없었다.

"그러면 결심이 선 것 같구나."

노형진은 고개를 끄덕거렸다.

"그러면 일단 신발부터 벗어 줄래? 여기, 신발은 미리 준비했다."

노형진은 뒤쪽에 쌓여 있는 새 신발을 꺼내면서 씩 웃었다.

⚖

이른 새벽, 119는 상대적으로 조용한 여유를 즐기고 있었다.

"새벽이 되니까 그나마 긴급 출동이 덜하네."

"그러게요."

"첫 근무가 어때?"

"정신이 없네요."

119 접수 부서에 배치된 후임을 보면서 다른 대원이 씩 웃었다.

"쉬운 건 아니야. 하지만 우리가 제대로 해야 사람을 구할 수 있는 거야. 알지?"

"그럼요."

"그나저나 이제 근무가 슬슬 끝나 가고 있으니까…… 끝난 다음에 소주 한잔 어때?"

"새벽인데요?"

"야간 근무가 몇 년인데. 스물네 시간 하는 술집 몇 곳은 알고 있지."

선임의 말에 빙긋 웃던 후임은 자신에게 배당된 전화가 울리자 재빨리 받아 들었다.

"네, 119입니다. 네? 뭐라고요? 잠깐만요. 천천히 말하세요, 천천히."

그걸 보고 선임은 혀를 끌끌 찼다.

또다시 어디선가 사고가 났다고 생각한 것이다.

그런데 이야기를 듣는 후임의 표정이 심상치 않았다.

"바로 출동시키겠습니다. 네, 네, 네."

전화기를 내려놓은 후임은 바로 선임에게 다가갔다.

"선배님! 큰일 났어요!"

"무슨 일인데? 지역 소방대에 연락해."

"그러면 한강은 어떻게 하죠?"

"한강? 자살자야?"

"네."

"그럼 일단 한강에 있는 해양경찰에게 알려야 하는데. 왜, 누가 뛰어내렸대?"

"무려 열 명이 넘는 아이들이 한강에 뛰어들었답니다!"

선임의 얼굴은 새파랗게 질려 버렸다.

⚖️

찰칵찰칵.

기자들은 연신 바닥에 놓인 증거를 촬영하기 바빴다.

증거의 보존? 사건의 조사?

그건 기자들에게 중요한 게 아니었다.

자극적이고 사람들의 관심을 끌 수 있는 소재. 그게 중요했다.

그리고 이번 사건은 그런 소재가 충분했다.

"기자들 쫓아내!"

다급하게 몰려온 경찰들은 증거를 헤집고 있는 기자들을 보고 다급하게 그들을 밀어냈다.

"어어? 뭐 하는 거야!"

"이거 언론의자유 침해야!"

"이 인간들이 진짜!"

화를 내면서 기자들을 몰아내는 경찰들.

동이 트는 어스름한 새벽.

그 새벽의 한강에서 여러 척의 배들이 헤드라이트를 켠 채 수색을 하고 있었다.

그리고 그곳으로 더 많은 기자들과 구경꾼들이 몰려왔다.

좀 떨어진 곳에서 망원경으로 그 광경을 보던 노형진은 씩 웃으면서 차를 돌렸다.

"순식간에 몰려왔네."

"최고의 떡밥 아니겠어? 무려 열 명이 넘는 아이들이 자살했다는데."

"그러니까."

노형진은 씩 웃으며 말했다.

"아이들은?"

"신났지, 뭐. 몇 년 만에 쉬는 거라던데?"

애초에 아이들은 죽지도 않았다.

다만 노형진의 도움을 받아서 도망갔을 뿐.

"잘 챙겨 줘. 안 그래도 마음에 상처가 깊은 아이들이야."

"알아. 우리 중에서 그 아이들의 마음을 가장 잘 아는 게 누구일 것 같아?"

"하긴, 그건 그렇다."

이 중에서 가장 아이들의 마음을 잘 아는 사람은 다름 아닌 손채림일 것이다.

그러니 그녀는 아이들에게 최선을 다할 테고.

"언론에서 과연 오늘 일에 대해 뭐라고 할까?"

"아마 인터넷 소문이 현실이 되었다고 하지 않을까?"

"그렇겠지? 후후후."

노형진은 미소 지으면서 말했다.

⚖️

인터넷의 소문, 현실이 되다

한 치의 오차도 없는 헤드라인을 걸고 나온 뉴스를 보면서 노형진은 피식 웃었다.

사진의 가장 앞에는 물속에서 건져 올린 점퍼를 끌어안고 오열하는 부모의 모습이 찍혀 있었다.

"구역질 난다."

"그래?"

"이런 말 하면 그렇지만, 저 모습도 진심이 아닌 것 같아서."

그 사진을 본 손채림은 짜증스럽게 신문을 덮어 버렸다.

"그나저나 점퍼는 언제 던진 거야?"

"몰래 버렸지. 신발만 있으면 부족하거든."

노형진이 노린 것은 부모들에게 극단적 쇼크를 주는 것이었다.

소송을 한다? 그건 의미가 없다.

읍소를 한다? 그건 수십 번 해 봤지만 실패했다.

그렇다면 남은 것은, 자신의 잘못을 직접 뉘우치게 만드는 것.

그래서 아이들의 점퍼를 강에 던졌다. 신발만 두면 의심할 가능성도 있기 때문이다.

"'엄마, 이제 만족해?'라니. 소문인 줄 알았는데."

"애석하게도 소문이 아니지."

과거에 인터넷에 돌던 소문.

아이의 의견을 무시하고 공부하라고 계속 괴롭히자, 결국 아이가 전교 1등을 달성하고는 '엄마, 이제 만족해?'라고 유서를 쓰고 자살한 사건.

"실제로 있었던 일이야. 그런데 대부분의 부모들은 자기에게 그런 일이 벌어질 거라고 생각하지 못한단 말이지."

"그러게 말이야. 그런 사건 의외로 많지 않아?"

"많지. 그런데 대부분은 그걸 몰라."

그다지 이슈가 될 만한 게 아니니까.

"하지만 자기가 한번 당해 보면 입장이 좀 바뀌지."

애초에 소송으로 해결할 수 있는 사건이 아니었다.

물론 하려고 하면 할 수는 있겠지만, 더럽고 치사할 뿐만 아니라 아이들은 부모에게 실망할 테고 제대로 된 처벌도 이루어지지 않을 것이다.

거기에다 신고했으니 아이들에게 수영 단체장들이 보복을 할 수도 있고, 결정적으로 이렇게 고발해서 감독을 쫓아낸다고 한들 다른 놈이 오면 그만이다.

"하지만 자식이 죽는다는 게 어떤 건지 알게 된다면 아마도 정신을 좀 차리겠지."

"정신을 차리지 않으면?"

노형진은 고개를 절레절레 흔들었다.

"그건 답이 없어. 단순히 탐욕을 넘어서 그 부모에게 정신적으로 문제가 있는 거야. 그때는 차라리 부모에게 소송을 걸어서 아이를 구해 내는 게 정답이야."

"그럼 이번 일은 그런 부모들을 걸러 내는 일종의 시험이
구나."

"그렇지."

진짜 미친놈인지 아닌지는 그들의 행동을 보면 알 테니까.

"그리고 이게 언론에 나갔으니 잘나신 교장과 선생님이 어
떻게 할지 궁금하기도 하고."

"진짜 잔인하여라."

가혹 행위와 성추행을 은폐해서 아이들이 단체로 자살하
게 만든 학교이니, 그들이 그렇게 자랑스러워하면서 지키려
고 하던 명예라는 것은 쓰레기통에 처박혀 버릴 게 뻔하다.

그리고 그 은메달리스트라는 감독 역시 인생 종 친 것이나
다름없다.

사건이 이렇게 대형으로 터졌으니 기자들과 경찰이 달라
붙는 건 당연할 테고, 그가 저지른 수많은 범죄들이 감춰질
수는 없을 테니까.

"물론 내가 그 정도로 만족할 리 없지."

"그러니까 넌 잔인한 놈이야."

노형진이 이 정도에서 만족하고 물러나면 바뀌는 것은 없
을 것이다.

아마도 아이들이 돌아오면 사소한 해프닝으로 끝나 교장
은 자리를 지킬 것이다.

감독이야 징계를 받겠지만, 그다지 규모가 크진 않을 테고.

"이런 학교의 가장 큰 문제는 은폐거든."

일이 이 지경이 되도록 다른 선생님들이 모를 수가 없다.

애초에 선생님들은 알고도 모른 척할 수밖에 없었다.

"아이들도 말했잖아, 선생님들에게 말했다고."

"그렇지."

"만일 여기서 경찰의 고발이 들어갔다면 그 인간들은 처벌을 받을까, 안 받을까?"

손채림이 코를 살짝 찡그렸다.

"안 받겠지."

"맞아. 그게 문제야."

수사의 대상은 교장과 교감 그리고 그 감독 정도일 테고, 그걸 은폐하는 데 도움을 준 선생님들은 처벌 대상이 되지 않을 것이다.

"그런데 엄밀하게 말하면 그 선생님들은 방조범이거든."

자신의 자리를 위해, 그리고 같은 동료라는 이유로 아동 성추행범을 그냥 놔둔 놈들이다.

"악이 승리하려면 선이 아무것도 하지 않으면 된다고 하잖아."

그리고 그들은 아무런 행동도 하지 않았다.

"선생님이라는 것이 단순히 지식을 전달하는 사람이 되어서는 안 된다는 걸 알면서도 말이지."

사실 선생이 아니라 스승이 되는 것은 상당히 힘든 일이다. 그들의 생활도 있으니 스승이 되라고 요구할 수도 없고.

하지만 최소한 선생으로서 자신의 책임은 다해야 한다.

그런데 그곳의 선생이라는 작자들은 그걸 지키지 않았다.

분명히 아동을 보호해야 하는 의무가 있음에도 불구하고 말이다.

"그러니 학교에 있는 놈들도 다 쫓아내야지."

"허."

"애초에 새 술은 새 부대에 담으라고 했어."

썩은 술이 담겨 있던 부대에 새 술을 담아 봤자 똑같이 썩는 건 마찬가지.

노형진은 그들을 가만둘 생각이 없었다.

"새 부대를 만들 수 없다면 청소라도 깨끗하게 해야지, 후후."

⚖

얼마 후, 언론에 제보가 들어왔다.

그 학교에서 교장과 교감 그리고 선생님들이 연합하여 감독이 아이들을 성추행하는데도 은폐하고 있었다는 제보 말이다.

그리고 그 제보는 학교를 발칵 뒤집었다.

"이게 무슨 말이야?"

"괜찮을까?"

"학교 멀쩡한 거 맞아?"

학교에서는 절대 아니라고, 그런 일은 없었다고 발뺌했지
만, 무려 십여 명이 자살할 정도로 일이 커졌으니 학부모들
이 그걸 쉽게 믿을 수는 없었다.

그때 노형진이 그곳에다가 슬슬 기름을 뿌리기 시작했다.

"소문 들었어요?"

"무슨 소문?"

"그 감독이라는 인간이 다른 아이들도 건드렸다고 하던
데?"

"뭐?"

"이거 봐 봐."

학교에 뿌려진 전단지.

거기에는 감독이 수영부 아이들뿐만 아니라 다른 아이들
까지 건드렸다는 주장이 적혀 있었다.

"이게 사실일까?"

그걸 본 학부모들은 공포에 질렸다.

상식적으로 말이 되지 않는다고 말하고 싶지만, 이미 벌어
진 일만으로도 상식이 무너진 상황이다.

"그러면 우리 애들을 건드릴 수도 있다는 소리잖습니까?"

학부모 대표들의 목소리는 점점 더 가라앉았다.

"문제는 그것만이 아닙니다. 다른 선생님들도 그걸 알고 있었대요."

"알고 있었다고?"

"네. 아이들이 도움을 요청했는데 무시하고, 도리어 입을 열면 처벌받을 거라고 겁줬답니다."

"터무니없는 말입니다!"

학부모 회장은 애써 부정하려고 했다.

하지만 사람들의 반응은 이미 그녀가 통제할 수 있는 수준을 벗어나고 있었다.

"아이들 사이에서도 이상한 이야기가 돌고 있어요."

"그게 무슨 말이에요, 상민이 엄마?"

"선생님들이 그 감독이라는 인간에게 약점이 잡혀 있다고."

"뭐요?"

"교장이랑 교감도 그렇고, 다른 선생님도 그렇고……."

"아니, 무슨 말도 안 되는 소리예요!"

버럭 화내는 학부모 회장.

그걸 감시하는 게 자신의 일인데 이렇게 아무것도 몰랐다는 게 드러나면 자신을 책망하는 꼴이 되기 때문이다.

"말로는, 여자 선생님들은 성 상납을 한다는 이야기도 있고……."

"진짜 보자 보자 하니까, 지금 그걸 말이라고 하는 거예요?"

이제는 거의 판타지 소설이 가고 있었다.

사실 그럴 수밖에 없는 것이, 노형진이 아이들 사이에 은근슬쩍 소문을 냈기 때문이다.

그리고 그 소문은 또래 아이들을 거치면서 어느샌가 거대한 스케일로 자라나 학교를 폭풍처럼 쓸고 다니고 있었다.

"하지만 그것 말고는 학교가 나서서 은폐할 이유가 없어 보이잖아요?"

"그거야 학교의 명예를 위해서……."

물론 틀린 말은 아니다.

대부분의 학교에서 범죄를 은폐하는 가장 큰 이유는 학교의 명예를 위해서였다.

아마도 평소라면 다들 그 정도에서 그럴 수 있다고 하며 물러났을 것이다.

그러나 노형진은 그럴 때를 대비해서 한 개의 소문을 더 퍼트렸는데, 그 소문은 지금까지 어떻게 해서든 학교를 편들어 주려고 하던 일부 어머니들의 입을 다물게 만들 만한 힘을 가지고 있었다.

"그러고 보니 몇몇 학부모들이 감독과 내연 관계를 가지고 있다는 소문도 있던데……."

"뭐라고요?"

회장을 의심스러운 눈빛으로 바라보는 다른 학부모들.

물론 회장은 억울했다.

"아니, 상민이 엄마! 그렇게 안 봤는데! 어떻게 그런 소리를 해요?"

"아니, 내가 회장님이라고 했어요? 전 아무런 말도 하지 않았다고요. 그리고 말이야 바른말이지, 일이 이 지경인데 그 감독하고 학교를 편들어 주는 건 말도 안 되는 거 아니에요? 당장 소문이 사실이 아니더라도, 선생들이 사건을 은폐한 건 사실인데!"

"그거야 그렇지만, 그걸 가지고 왜 우리를 의심해요!"

"의심이 아니라 소문이 그렇다잖아요! 그리고 막말로, 무조건 학교를 편들어 주는 건 회장님하고 몇몇 분들뿐이잖아요. 우리가 뭐라고 했어요?"

"그건……."

항의를 할수록 점점 의심이 깊어질 수밖에 없는 소문의 함정에 빠진 회장은 뭐라고 할 수가 없었다.

물론 교장과 개인적으로 친분이 있고 교장이 어떻게 해서든 학교를 정상화해야 하니 부모들을 설득해 달라고 부탁을 해 오긴 했다.

'하지만…….'

이런 소문이 나면 자신이 졸지에 수영 감독의 내연녀가 되어 버린다.

그러니 적극적으로 다른 부모들을 설득할 수가 없다.

"그러면 어쩌자는 거예요?"

"당연한 거 아니에요? 고발해서 조사해야지요!"

소문이 사실이 아니라면 모르겠지만, 사실이라면 심각한 문제가 된다.

제자가 성희롱당하는 것을 은폐하는 것만으로도 모자라 본인도 성 상납을 하는 선생에게 자식을 맡길 수는 없으니까

"다들 그 의견에 동의하세요?"

회장은 안타까운 마음에 주변을 둘러보았다.

하지만 대부분의 사람들은 고개를 끄덕거리고 있었다.

그럴 수밖에 없다.

당장 반대하면 내연녀라는 의심을 받을지도 모르는데, 이 좁은 아파트 지역에서 그런 소문이 나면 창피해서 살 수도 없기 때문이다.

"알겠습니다. 선생님들을 고발해서 조사를 진행시키기로 해요."

회장은 눈을 찌푸리면서 말했다.

⚖

"대대적으로 털리는구먼."

발 없는 말이 천 리를 간다는 말은 그냥 생긴 게 아니었다.

노형진이 낸 소문에 자극받은 부모들은 너도나도 고발을 하기 시작했다.

"지금은 아니 땐 굴뚝에 연기 날까라는 말이 맞는 것 같군."

서승진은 학교에서 나오는 아이들을 우려 섞인 표정으로 보면서 말했다.

평소와 다른 모습.

학부모들이 학교 앞에까지 와서 아이들을 데리고 가는 모습이었다.

"자네는 알고 있었나?"

"아니요."

노형진은 고개를 저으면서 말하고는 잔을 들어서 커피를 조용히 마셨다.

"개인의 뒷조사를 한 건 아니니까요."

"그런데 어떻게 안 건가?"

"뭐, 가능성이 있다고 생각은 했습니다."

학교 내부에서 일이 터지자 몇몇 부모들이 아이들에게, 특히 여자애들에게 성추행을 당한 적이 있느냐고 물었는데, 진짜로 그런 일이 있었다는 말이 나온 것이다.

"범인과 가까이 있는 아이들이 수영부 아이들이었던 것뿐이니까요."

"난 피해자만 생각했는데."

"대부분 그러지요."

약간은 힘없이 말하는 서승진 변호사.

"원래 범죄자는 양심이 없습니다. 학교에 아이들이 그렇게 가득한데 손 한번 대지 않았을 리 없지요."

"끄응."

"그래서 검찰에서 조사할 때 주변을 싹 다 터는 겁니다. 알 카포네가 왜 잡혔는지 생각해 보시면 답이 나옵니다."

"알 것 같군."

알 카포네.

유명한 마피아 두목인 그는 사람을 몇백 단위로 죽였다는 의심을 받고 있었다.

하지만 그걸 증명할 길이 없어서 경찰은 그냥 두고 볼 수밖에 없었는데, 그런 그의 꼬리를 잡아서 체포할 수 있었던 게 살인이 아닌 탈세였다.

"뭐, 내연 관계는 소가 뒷걸음질하다가 쥐 잡은 셈이지만요."

처음에는 학교를 지지하는 사람들의 움직임을 막기 위해 내연 관계라는 소문을 냈다.

아무래도 어머니회라는 것 자체가 여성들로만 구성되어 있으니까. 그러한 소문이 나면 움직임이 제한되기 때문이다.

수영 코치를 보호할수록 내연녀라는 의심을 받을 가능성이 높아지는 셈이니 누구도 움직이지 못할 거라 생각한 것이다.

그런데 진짜로 내연 관계가 나올 줄은 몰랐다.

더 웃긴 건, 그 내연녀가 성희롱을 당하던 수영부 여학생의 어머니였다는 것이다.

"미친놈이야."

자식이 자살했다고 생각한 그녀는 자신의 죄를 뉘우치면서 모든 걸 사실대로 말했고, 아내와 딸을 모두 잃어버렸다고 생각한 남자는 칼을 들고 경찰서까지 찾아와서 죽이겠다고 난동을 부렸다.

"그러게 말입니다."

세 가지 소문 중 두 가지가 사실로 드러나자 어머니회에 있는 친학교 세력은 움직일 수조차 없었다.

그리고 수사가 진행될수록 사건을 은폐한 기록이 하나둘 계속 나왔다.

"이쯤이면 확실하게 정리할 수 있을 것 같네요."

"벌써 학교 선생님들의 80% 이상에 대해 조사가 들어갔네."

단순히 조사한 게 아니라, 사건을 은폐한 정황이 드러나고 있었다. 그리고 언론은 그걸 빌미로 신나게 물어뜯고.

"어이가 없군, 그동안 모른 척하더니."

"그러니까 언론이지요."

학교에서 범죄를 은폐하는 경우는 흔하다, 단순 폭행에서부터 살인까지.

그러나 대부분의 경우 학교의 명예를 지킨다는 이유로 범죄를 은폐한다.

그걸 파고들려면 못 파고들 리 없지만, 기자들은 알면서도 그냥 둔다.

"하지만 그런 사건이 외부에 드러나고 사람들의 관심을 끌면 이야기는 달라지지요. 더군다나 이번에는 기자들이 좋아하는 소재가 다 들어가 있지 않습니까?"

집단 자살, 성추행, 학교 비리, 폭력, 내연 관계 등등.

학교 범죄의 종합 선물 세트 같은 느낌.

"난 인권이라는 건 법을 통해 지켜야 한다고 생각했는데 말이지."

서승진은 멍하니 문을 바라보았다.

그리고 드디어 그가 기다리던 장면이 나왔다.

"드디어 나오는군요."

수갑을 찬 채로 끌려 나오는 교장과 교감, 그리고 다수의 선생들.

학교 구조상 버스가 들어가지 못해 바깥에 있는 호송용 버스까지 걸어와야 했던 그들은 수갑을 찬 채로 고개를 푹 숙이고 있었다.

그리고 부모들은 그런 모습을 보고 아이들의 눈을 얼른 가렸다.

"멍청한 짓을 하네요."

"그런가?"

"네. 우리나라 부모들의 고질적인 문제죠."

나쁜 건 좋지 않은 것이다. 그러니 보여 주면 안 된다고 말하는 것.

그건 정상이 아니다.

저런 건 있는 그대로 보여 주고, 저렇게 돼서는 안 된다는 걸 가르쳐야 한다.

"교장 선생님, 한 말씀 해 주시지요!"

"이번 사태에 대해서 한 말씀 부탁드립니다!"

기다리고 있던 기자들이 마이크를 들이밀자 교장은 눈물을 뚝뚝 흘렸다.

"제 부덕의 소치로 인해 심려를 끼친 모든 분들에게 사과의 말씀을 드립니다, 크흑."

눈물을 흘리면서 끌려가는 그를 보면서 노형진은 피식 웃었다.

"과연 며칠 후에도 저런 모습을 보일까요?"

"그럴 리 없지."

서승진은 안타깝게 말하는 수밖에 없었다.

⚖

"얘들아!"

"민중아!"

얼마 뒤, 아이들은 살아 있는 채로 발견되었다.

물론 노형진이 그렇게 만든 것이다.

적당한 시점에 아이들이 경찰에 가도록 말이다.

"미안하다…… 미안하다……."

"내가 잘못했다."

아이들이 오자 부모들은 아이들을 붙잡고 서럽게 울었다.

자녀들이 죽었다고 생각하자 자신들이 얼마나 큰 실수를 했는지 깨달은 것이다.

"피도 눈물도 없는 것 같더니."

"그런 인간이라면 이번 기회에 걸러 냈어야지."

다행히 그런 일은 벌어지지 않았다. 다들 자신의 잘못을 알고는 눈물을 흘렸으니까.

"더 이상 보복은 없겠지?"

"할 수가 없지. 애초에 내가 왜 이렇게 복잡하게 했는데."

만일 아이들이 고발했다면 수영계에서 보복을 했을 게 뻔하다.

하지만 엄밀하게 말하면 아이들은 단순히 가출했을 뿐이다. 그리고 그 이유가 감독이고.

"이 경우에 고발한 건 저 아이들이 아니라 기자들인 셈이거든."

기자들이 학교 자체를 날려 버렸다고 봐도 무방하다.

"그러니 저쪽에서는 보복하고 싶어도 못 하지."

더군다나 여기서 아이들에게 보복한다는 것 자체가 수영계에서 아이들을 괴롭힌다는 뜻이 된다.

"그러니 보복하기 힘들겠지."

"음…… 하지만 저 애들이 과연 수영을 다시 하려고 할까?"

"그건 모르겠다."

노형진은 어깨를 으쓱했다.

그런 꼴을 당했으니 하지 않을 수도 있다.

"하지만 중요한 건, 더 이상 똑같은 짓을 할 사람은 없다는 거야."

학교의 교장도 교감도 구속되었고, 감독 역시 처벌을 피할수 없다.

선생들 중 은폐에 가담한 사람들 역시 선생 자격이 박탈될것이다. 최소한 강제 전출은 가게 될 테고.

"물론 죄가 없는 사람도 있겠지만……."

대부분의 경우 학교에서 이런 일이 벌어지면 그 당시 재직하던 사람들은 다른 곳으로 발령하는 것이 보통이다.

"아마도 학교는 새롭게 다시 태어났다고 봐야 할걸."

"인권 주의 학교라는 건가?"

"당분간은 그렇게 되겠지."

한번 학교가 뒤집혔으니 다음에 누가 오든 이런 일을 알고도 가만두지는 않을 것이다.

　물론 그게 몇 년이나 갈지는 모르겠지만.

　"참 안타깝다. 아이들이 죽은 뒤에야 아이들의 이야기를 들어 주다니."

　"그러니까."

　노형진은 머리를 북북 긁었다.

　"애초에 좀 들어 줬다면 이렇게까지 될 리는 없는데 말이지."

　"다른 학교도 이럴까?"

　"아마도……."

　노형진은 안타깝다는 듯 말했다.

　"허울뿐인 명예를 우리나라는 너무 소중하게 여기니까."

　다만 이번 일로 그 허울뿐인 명예에서 벗어나기를 노형진은 바랄 뿐이었다.

좋은 것도 악용하는 게 인간

"아무래도 이상하단 말이지."

유민택은 노형진과 차트를 보면서 이런저런 이야기를 하고 있었다.

표정이 아주 심각한 것은 아니지만 마음에 들지 않는 것은 확실했다.

"이상하기는 하네요."

"그렇지?"

노형진과 유민택 앞에 있는 것은 대룡의 근황을 알리는 보고서였다.

그 보고서 때문에 유민택은 노형진을 부른 것이다.

"요 근래에 회사 내부에서 무슨 일이 있는 것 같은데."

"내부에서는 말이 없던가요?"

"그래. 특이 사항은 없어."

회사가 성장한다는 것은 새로운 사람이 더 많이 필요하다는 뜻이다.

아무리 성화가 망하면서 그곳에서 그만둔 사람들을 고용했다고 하지만 모든 사람을 다 그쪽 출신으로 채울 수는 없고, 거기에다 사회적으로도 대기업은 어느 정도 젊은 사람들을 고용해 줘야 하기 때문에 계속 사람들을 뽑게 되어 있다.

"그런데 그만두는 사람들이 너무 많단 말이지."

그런데 요 근래에 들어서 퇴사율이 확 뛰었다.

쉽게 말해서 그만두고 나가는 사람이 더 많다는 거다.

'어째서?'

노형진은 그 부분이 이해가 가지 않았다.

대룡은 상당히 조건이 좋고 직원들의 복지를 위해 상당히 노력을 많이 하는 곳으로 알려져 있다.

거기에다 재계 순위도 높아서 안정적이고.

'그런데 젊은 사람들이 이상하게 그만둔단 말이지.'

물론 나이 먹은 사람들은 아무래도 가족이 있으니 퇴사하는 경우가 적기는 하지만……

'아니야.'

노형진은 차트를 보다가 고개를 흔들었다.

상대적으로 나이 먹은 사람들의 퇴사율이 낮은 것은 사실이지만 그건 말 그대로 젊은 사람들 기준으로 상대적인 거지, 과거에 비해서는 확실히 높아졌다.

"회사 내부에서 대우가 바뀌었나요? 월급이 깎였다든가."

"아니, 그건 아닐세. 그대로야."

"이상하군요."

마음에 들지 않아서 나가는 거야 정상적인 거지만, 딱히 바뀐 것도 없는데 그만두다니?

"다른 곳에 스카우트된 사람들인가요?"

"그것도 아닌 것 같네."

들어온 지 채 1년도 안 된 신입 사원들을 다른 곳에서 스카우트해 갈 이유가 없다.

만일 경쟁 중인 성화가 살아 있다면 타격을 주기 위해 그럴 수도 있었겠지만, 성화는 사라졌고 다른 기업들은 그럴 이유가 없다.

사회적으로 실업률이 높아서 사람을 구하는 것은 아주 쉬운 일이니 굳이 스카우트를 할 이유가 없는 것이다.

"내부에서 여러 가지 보고서를 확인해 봐도 이유가 없으니……."

유민택도 이런 경험은 처음인지 이해하지 못하겠다는 표정이었다.

"이사들은 뭐라고 하던가요?"

"젊은 애들이 배때기가 불렀다고 하지."

"전형적이군요."

"기업 이미지가 젊어진다고 해서 기업 이사진이 젊어지는 건 아니니까."

소위 꼰대들이 말하는 배때기가 불렀네, 이건 젊은이들이 어렵고 힘든 일을 피하려고 해서 하는 말이다.

'하지만 대룡은 그런 곳이 아닌데.'

어찌 되었건 대룡은 대기업이다.

그런 일이 없지는 않겠지만, 그만한 메리트가 있다.

'배때기가 불렀다라……'

노형진은 그 말을 계속 중얼거렸다.

그 말이 비꼬는 말이기는 하지만 한 가지 확실한 의미가 있기는 하다.

"회사 내부에 치사하고 드럽고 아니꼬운 게 있다는 뜻이라고 봐야겠군요."

월급이나 복지의 문제가 아니라면 남은 것은 감정적 소모 문제라는 뜻인데.

"하지만 그럴 이유가 없지 않나?"

한번 대대적으로 유민택과 노형진이 회사 내부에 있는 사람들을 솎아 냈다.

그래서 성희롱을 하거나 부하의 실적을 가로채거나 하는, 리더로서 자질이 없는 작자들을 모조리 쳐 냈다.

그러니 심리적인 문제는 없어야 정상이다.

"내부적으로 보고도 올라오지 않고 있고요?"

"그래."

"음……."

노형진은 턱을 스윽 문질렀다.

내부적으로 보고가 올라오지 않는다는 것은 한 가지만을 의미한다.

바로 보고 라인이 막혔다는 것.

'어째서?'

보고 라인이 막힐 이유가 없다.

지난번에 확실하게 회사의 분위기가 바뀌었으니까.

'더군다나…….'

보통 성희롱 같은 추접한 짓을 하는 녀석들은 남자이기 때문에 그런 경우라면 그만두는 사람들은 대부분 여자들이다.

그런데 이번 보고서에 따르면 남자든 여자든 같은 비율로 그만두고 있다.

즉, 남녀를 떠나서 마음에 들지 않는 것이 있다는 것이다, 그것도 아주 심각하게.

"젊은 사람들이 이렇게 그만둔다라……."

노형진은 머리를 북북 긁었다.

"회사에서는 새로 뽑아야 한다고 하지만……."

"최악의 선택이지요."

회사를 운영하는 사람들이 하는 실수 중 하나가 바로 직원을 소모품으로 본다는 것이다.

하지만 직원이 성장해서 승진하면 그는 소모품이 아니라 회사를 이끌어 가는 사람이 된다.

"대기업의 기본은 충성심인데."

직원이 충성심을 가지지 않으면 기업 입장에서도 여러모로 불리할 수밖에 없다.

기밀 프로젝트에 투입할 사람이 없게 되는 것도 있지만, 잦은 이직은 회사 입장에서도 부담으로 다가온다.

일을 배우고 적응할 만하면 나가 버리니 업무 효율도 떨어지고.

"자네는 어떻게 생각하나? 회사 내부에 문제가 있거나 회사 내규에 문제가 있다고 생각하나?"

노형진은 고개를 흔들었다.

"아니요. 그럴 가능성은 낮습니다. 대룡처럼 우호적인 분위기를 가진 기업은 드무니까요."

"그런데 왜 그만두는 사람이 많은 걸까?"

"아마도 심리적 문제일 겁니다."

"심리적 문제?"

"네. 제 경험상 아무리 조건이 좋아도 마음이 맞지 않는 사람과 일하면 피가 바짝바짝 말라 가거든요."

일하면서 가장 중요한 것은 팀워크다.

팀워크가 맞으면 힘들어도 버틸 만하지만, 그게 개판이면 아무리 돈을 줘도 그만두는 사람이 많다.

'그리고 유능한 사람일수록 그런 성향이 강해지지.'

본인이 유능한 사람이라면, 회사가 마음에 들지 않거나 자기 의견을 들어 주지 않는다면 머무르지 않고 떠나 버리는 것이다.

그러면 유능한 사람이 다 나가고 무능한 사람만 남게 되어 결과적으로 매출이 떨어지는 악순환이 일어난다.

"심리적 문제라……. 내가 모르는 사이에 꼰대들이 다시 생겼다는 건가?"

"그러니까요. 그게 이해가 되지 않는데요."

직원들도 전체적으로 젊어지고, 꼰대들도 그런 짓을 하지 못하도록 했다.

심지어 회식을 부담스러워하는 직원들을 위해 회식은 한 달에 한 번으로 제한하고, 참가 여부 결정도 개개인의 자율에 맡겼다.

'꼰대라……'

노형진은 입술을 깨물었다.

진짜로 그런 꼰대가 자리를 잡은 거라면 회사가 노령화된다.

'하지만…… 그랬으면 고발이 들어왔을 텐데?'

역시나 그것도 변수가 되어 버린다.

'그렇다면 그것밖에 없군.'

이렇게 뭐든 애매할 때 가장 확실한 방법은 하나뿐이다.

"아무래도 안 되겠네요, 가장 확실한 방법을 써 보는 수밖에. 내부에 들어가 보죠."

"내부에 들어가?"

"네, 암행어사 제도를 운영하는 거죠."

"암행어사?"

"네."

말 그대로 회사 내부에 일반인인 척 취업해서 감시하는 것을 뜻한다.

"암행어사라······."

"몇몇 기업들이 운영하고 있지요. 물론 대부분 한정적이지만."

이 제도를 운영하는 사람들의 목적은 직원에 대한 감시다.

대표적으로는 접객에 대한 만족도 테스트를 위해 고의적으로 진상 직원을 투입해서 내부 직원의 반응을 보거나, 손님을 가장해서 계속 실수하게 하거나 하는 식의 접근법이 있다.

'하지만 그건 회사에서 직원을 감시하는 게 목적이지.'

그래서 인권 문제 이야기도 나오는 것이다.

누가 감시원인지 모르니 아무리 진상 짓을 당해도 신고도 못 하니까.

물론 대룡은 벌써 그런 일이 벌어지면 일단 경찰에 신고하라고 가르쳤지만.

"우리는 반대로 접근하는 겁니다. 회사 내부에 감시자를 심는 거죠."

"기존에 있던 사람들을 이용하는 건가?"

"그것도 좋지만, 아예 전담으로 놓는 것도 나쁜 것은 아닙니다."

"전담?"

"네. 마음가짐이 다르거든요."

가령 기존에 있던 직원에게 이런 업무를 하라고 하면 여러 가지 문제가 생긴다.

일단 고발했을 때 자신이 입을 피해와 동료들에 대한 배신의 문제 등등, 그의 양심을 건드릴 만한 상황이 많다.

하지만 애초부터 감시를 목적으로 들어가면 이야기가 다르다. 업무 자체가 감시이니 주저하지 않고 고발할 것이다.

"하지만 신분이 알려질 텐데."

"우리는 정부에서 좋은 제도를 만들어 주지 않았습니까?"

"응? 좋은 제도?"

"네. 인턴요."

"아하!"

인턴.

원래 인턴은 정부에서 일을 배우라고 만든 체계다.

하지만 현실적으로 한계가 있는 직급이다.

주요 업무에 투입하기도 애매한 신분인 데다가 어차피 한시적인 직급이라 우정이고 뭐고 나눌 수도 없기 때문이다.

"하지만 그 정도 기간이면 충분히 회사 내부의 부조리를 감시할 수 있지요."

"오오!"

"거기에다 인턴 중 일부는 정식으로 고용되니까……."

그들에게 지속적으로 감시 임무를 맡긴다면 아무래도 지금 있는 직원들에게 일을 맡기는 것보다 훨씬 나을 것이다.

"애초에 주요 업무가 다르니까요."

가령 지금 있는 직원에게 감시를 맡기면 정보가 샐 수 있다. 누군가 친밀한 사람이 감시 대상이 될 수 있기 때문이다.

하지만 반대로 업무 자체가 감시인 인턴은 그게 새어 나가는 순간 해직이라 절대로 알려 주지 못한다.

"인권침해 소리가 나오지 않을까 모르겠군."

"표적 감시를 하는 것만 아니라면 문제 될 게 없습니다. 회사 내부에 문제가 있는 건 확실하니까요."

유민택은 고개를 끄덕거렸다.

현 상황을 그냥 두면 회사에 큰 타격을 줄 수도 있는 일이다.

당장 본사뿐만 아니라 현지 공장에서조차 숙련공들이 그만두고 있는 것이 현실이니까.

"일단은 자네들이 해 줄 수 있겠나?"

"그러지요."

어차피 새론에는 사람이 충분하니 그들이 대롱에 잠입하는 것은 어렵지 않다.

"과연 어떤 결과가 나올지 우려스럽네요."

자신도 모르는 그 심리적 문제라는 게 뭔지, 노형진은 갈피를 잡지 못하고 있었다.

"늦게 취업하네?"

"네, 호호호."

손채림은 자신에게 말을 건네는 직원에게 웃으면서 대답했다.

새론에서 보내진 사람들은 인턴이라는 이름하에 사람들을 감시하기 위해 안으로 들어왔다.

그러니 더욱 조심스러울 수밖에 없다.

"힘내. 어려운 일 있으면 말하고."

"네, 선배님."

"허허, 선배님이라……. 내가 또다시 선배가 되네."

어색한 듯 웃는 남자의 얼굴을 보고, 손채림은 애써 미소 지었다.

'또다시 선배님이라……. 억울할 만하겠네.'

자신이 들어온 부서는 마케팅 부서다. 그런데 벌써 네 명째 그만두고 나갔다.

저 남자가 소문의 그 사람일 것이다, 후임이 오자마자 나가는 일이 반복돼서 선배였다가 막내였다가 하는 것이 벌써 몇 번째라는.

'불쌍해라.'

기대하는 눈빛으로 지나가는 남자를 보면서 손채림은 안쓰러워졌다.

자신이 그만두는 건 정해져 있으니 그가 다시 막내가 되는 건 불 보듯 뻔하니까.

'사람은 좋아 보이는데.'

손채림은 업무를 하기 위해 안으로 들어갔다.

"신입!"

"네?"

"이거 정리 좀 해 와!"

"채림 씨, 이거 보고해야 하니까 PPT 준비해 줘. 할 줄 안다고 했지?"

"채림 씨, 이 서류 컨펌 끝났으니까 거래처에 보내 주고."

'와와, 정신없다.'

회사는 정신없이 돌아가고 있었다.

물론 새론에도 일은 많다.

하지만 회사의 시스템이 다르다 보니 일하는 방식도 상당히 달라서, 손채림을 비롯하여 투입된 직원들은 일을 해내는 게 쉽지 않았다.

인턴이라는 이름 때문에 다들 큰 기대는 하지 않고 있어서 다행이기는 하지만.

'별로 이상한 건 없는데.'

처음에 이상한 게 보이지 않았다.

아무리 감시가 목적이라고 하지만 일도 하지 않고 감시만 할 수는 없거니와, 부정한 것이 있다 해도 낯선 사람 앞에서는 일시적으로 멈추는 현상이 있기 때문이다.

그렇게 얼마나 시간이 지났을까?

손채림이 일에 익숙해지고 다른 사람들도 그녀에게 익숙해질 때쯤, 조금씩 이상한 것이 그녀의 눈에 보이기 시작했다.

'뭐지?'

손채림은 순간 지나가다가 멈칫했다.

창문 너머로 보이는 모습이 어색해서였다.

"아이고, 우리 김 대리 엉덩이 튼실한 것 좀 봐."

"하하하."

"허벅지가 아주 튼튼한 게, 밤일 아주 잘하겠어."

"하하하."

"여친이 좋아해? 응?"

복사를 하고 있는 다른 직원의 엉덩이를 스윽 만지고 가는 모습. 그리고 귓가에 들리는 목소리는 분명히 성희롱과 성추행이었다.

그런데…….

'여자?'

분명히 여자다. 김 과장인가 하는 여자.

'뭐여, 저 여자?'

아주 잠깐이지만 그런 모습을 본 손채림은 어리둥절했다.

하지만 다른 사람들이 들어오자 과장은 서둘러서 그곳을 떠났다.

그러나 그 일 때문인지 점점 더 많은 것이 보이기 시작했다.

"서 사원 젖꼭지 일어난 거 봐. 아주 불끈하네."

"최 주임, 오늘 밤에 시간 있어? 나는 아주 시간 많은데. 술 한잔 안 할래?"

익숙해질수록 점점 성희롱이 많아지고 있었던 것이다.

남자들은 애써 웃기만 할 뿐 그냥 모른 척하고 있었다.

물론 얼굴에는 불편함이 가득했지만.

'이게 남자들에 대한 성희롱인가?'

손채림은 왠지 사람들이 그만두는 이유 중 하나를 알 것 같았다.

지난번에 대룡 내부를 정리하면서 많은 중진들이 그만둬야 했다.

소위 꼰대라는 작자들이 나가고 나자 대대적인 승진이 이루어졌다.

그러자 그중 일부가 사고를 치기 시작한 것.

'하지만…… 이해가 가지 않는데?'

분명히 그 정리 이후에 회사 내부에는 이런 경우에 고발하는 시스템이 완비되어 있다. 그런데 왜 고발되지 않았을까 하는 의문점이 생긴 것이다.

그런데 그 결과는 얼마 후 다른 팀으로 갔던 팀원들과의 대화에서 드러났다.

"여자들을 두려워합니다."

"두려워한다고요?"

"네."

퇴근 후 바깥에서 만난 직원들은 자신들이 본 것을 서로 이야기하면서 정리하기 시작했는데, 의외의 말이 나왔다.

여자들을 두려워한다는 것.

"음…… 저도 상관 중 한 명이 성희롱을 하는 걸 보기는 했지요. 그런데 그 상관이 여자였고 성희롱당하는 건 남자였어요."

"허, 거기도요?"

"에? 다른 곳도 그래요?"

"저도 봤어요."

"저도."

각자 부서도 다르고 근무하는 층수도 다르다. 그러니 동일 인물을 봤을 가능성은 제로라고 봐야 한다.

　　"이게 도대체 어떻게 되어 가는 건지 모르겠네요. 일단 그것도 보고하기로 하고, 아까 말한 건 뭐예요? 여자를 두려워한다니?"

　　"그게, 여자들이 고발하면 사회적으로 매장되는 분위기입니다."

　　"네? 그게 무슨 말이지요?"

　　"역전 현상이지."

　　때마침 늦게 도착한 노형진이 자리를 잡으면서 말을 꺼냈다.

　　"내가 그 부분을 생각하지 못했네."

　　"역전 현상?"

　　"그래."

　　"그게 뭐야?"

　　"한 사회가 뒤집히면 권력의 서열이 바뀌는 거야. 문제는, 그 바뀐 서열이 문제가 되는 경우가 많다는 거지."

　　"응?"

　　"대표적으로 예를 들어 볼까? 프랑스혁명. 이게 그 역전현상을 겪은 사건 중 하나야."

　　프랑스혁명.

　　민중이 왕을 몰아내고 권력을 가지고 왔던 사건.

"하지만 그 이후에 대해서는 잘 가르쳐 주지 않지."

"그게 왜 역전 현상이야?"

"민중이라고 하지만 엄밀하게 말하면 프랑스혁명 이후에 권력을 잡은 건 민중이 아니거든."

프랑스혁명 이전에 권력은 귀족과 국왕의 차지였다.

하지만 프랑스혁명 이후에 그 권력을 가지고 간 것은 민중이 아니라 부르주아라고 하는 돈 많은 자본가들이었다.

"그들은 돈은 있지만 귀족들에게 무시당했지. 우리나라에서 사농공상 중에서 상, 그러니까 상업을 가장 아래에 둔 것처럼 말이지."

그러나 프랑스혁명으로 권력 공백 현상이 일어나자 돈이 가장 강력한 권력이 되었다.

그리고 그 돈을 가지고 있던 부르주아들은 무서운 속도로 타락했다.

"극단적 자본주의 시대였으니까."

국민들은 도리어 왕정 시대보다 더 살기 힘들어졌다.

왕정 시대는 아무리 개판이라고 해도 국민이라는 기본 개념 위에서 있었지만, 자본주의는 국민이 아니라 돈이라는 개념 위에 서 있었기 때문이다.

"결국 그게 나폴레옹이 등장하는 이유가 돼."

애써 절대 권력을 몰아냈지만 그때보다 더 살기 힘들어진 국민들은 차라리 절대 권력을 가진 다른 누군가를 원하기 시작했는데, 그때 등장한 것이 바로 나폴레옹 보나파르트였다.

"음⋯⋯."

"이런 걸 역전 현상이라고 해. 내가 전에 말했지, 가난해서 착한 게 아니라 착해서 가난한 거라고."

"대충 이해가 가네."

가난한 사람들 중에도 개놈은 많다. 하지만 권력을 휘두를 수 없어서 입을 다물고 있을 뿐이다.

물론 착한 사람은 상대적으로 극렬하게 싸우지 못해서 가난할 수밖에 없는 것도 사실이지만, 이 두 가지는 다르다.

"어찌 되었건 대기업 내부는 남성적 이미지가 강해. 30년 전만 해도 여성 근무자들이 적었으니까."

부장이니 과장이니 하는 사람들은 오래 근속한 사람들이고 그 당시 분위기는 남성들이 일하는 분위기였다.

당연히 여성 근속자 수는 적을 수밖에 없었고.

"그러니 관리직 중에는 남자가 많았지."

"하지만 지난번에 뒤집힌 거구나."

"그래."

그 당시 잘못된 꼰대 정신을 배운 사람들을 대대적으로 정리하면서 아래쪽에서 공평하게 실력으로 사람을 승진시켰다.

그리고 그게 대룡의 성장 동력이 되었다.

하지만 실력이 인성을 반영하는 것은 아니라는 것이 문제였다.

"인성은 나쁘지만 가난해서 입 다물고 있었던 사람들이 권력을 가지게 된 거지."

그리고 그들은 자신의 본성을 드러내기 시작한 것이다.

"그러면 성희롱도?"

"사람들이 인지하지 못해서 그렇지, 남성에 대한 성희롱도 적지 않게 일어나. 물론 여자들에 대한 성희롱만큼은 아니겠지만 어찌 되었건 명백하게 성희롱이지. 결정적으로 남자들이 당하는 성희롱은 주변에서 다르게 봐서 문제지."

가령 여자에게 남자가 섹시하게 생겼는데 같이 자자고 하면 누구든 성희롱이라고 생각한다.

하지만 반대로 여자에게 섹시하게 생겼다고 같이 자자는 말을 들은 남자가 하소연하면 주변에서는 '한번 할 수 있겠네. 좋겠다.'라는 식으로 말이 나온다.

"똑같이 성희롱이지만 주변에서 받아들이는 방식이 다른 거지."

"음…….''

"지금 대룡 내부의 상황이 그런 모양이네."

실제로 현실적인 문제가 뭔지 알아내는 데에는 그다지 오래 걸리지 않았다.

남자들의 성희롱을 박멸했다고 생각했더니 남자들에 대한 성희롱이 고개를 든 것이다.

"웃긴 일이네."

"현실은 언제니 이딴 식이지, 뭐 하나 해결하면 뭐 하나가 또 기어 나오는."

어깨를 으쓱하면서 허탈하게 웃는 노형진.

"그런데 남자들은 이해가 가지만 왜 여자 신입들은 같이 그만두는 거야?"

"성희롱은 개인의 문제가 아니라 주변에 대한 공격이기도 하거든. 내가 누군가를 성희롱하면 그 누군가는 당연히 기분 나쁘겠지만, 그 주변에서 그걸 보고 있는 사람도 기분 나쁘겠지, 남자든 여자든."

"아하!"

하긴, 손채림도 그들이 하는 짓거리를 보면서 더럽다는 생각을 절로 했다.

정상적인 사람이라면 그러한 성희롱적인 행동에 기분 나빠 할 수밖에 없다.

"그걸 공감성 수치라고 해."

"공감성 수치?"

"그래. 수치스러운 장면을 보면 나도 왠지 창피해지는 거 있잖아?"

"아아."

"그런 감정은 인간이 기본적으로 가진 공감 능력에서 발현되는 거지."

그러니 남자든 여자든 그 꼴이 마음에 들지 않는 것은 당연한 일.

그러니 남자뿐만 아니라 여자도 회사를 그만두는 것을 선택하게 되는 것이다.

"하지만 여전히 이해가 가지 않는 게 있는데, 그에 대한 고발 시스템이 있잖아."

분명히 대룡은 그런 고발 시스템을 만들었다.

그런데 그게 제대로 작동하지 않는다는 게 이해가 가지 않았다.

"시스템 자체는 여자를 피해자로 보고 굴러가니까. 지금도 강간죄의 피해자는 여자라고만 특정되어 있잖아. 그걸 고치기 위해서 법이 국회에 계류 중이고. 회사도 마찬가지야. 기본적으로 남성은 성범죄의 피해자가 아니라고 가정하고 시스템이 구성된 거지."

"응? 피해자가 여성만 인정된다고?"

"피해자를 여자로 보도록 되어 있으니 남자가 고발하면 삐걱거리는 거지."

"허어?"

손채림이 어이가 없다는 표정을 하자 아까 여자들을 두려워한다는 말을 한 직원이 입을 열었다.

"제 이야기도 그쪽 관련 이야기입니다."

"그쪽요?"

"네."

당하다 못한 남자 직원이 고발했다.

그런데 도리어 여직원들이 그 직원이 거짓말한다고 말해서 결과적으로 고발한 직원이 해직당해 버렸다는 것.

"그런 일이 있었어요?"

"네, 제법 유명하더군요."

"조직의 페미화군요."

노형진은 엄지손톱을 깨물으면서 말했다.

"이거 안 좋은데."

"조직의 페미화? 그건 또 뭐야?"

"'과한 건 부족하니만 못하다.'라는 거지, 언제나처럼."

현재 한국의 상당수 조직은 남성적인 면을 가지고 있다.

그리고 몇몇 사람들은 그걸 고치려고 한다.

노형진도 그랬고 대룡도 그랬다.

그건 나쁜 게 아니다. 궁극적으로 양성평등으로 가야 하는 것이 정상이니까.

그러기 위해서는 여자들에게 일정 부분 권력을 줘야 한다.

"문제는 자칭 페미라고 하는 여자들은 세상이 남자들에게만 유리하게 되어 있다고 생각한다는 거지."

남자들도 절대 세상을 쉽게 사는 게 아니다.

남자들 역시 수많은 성적인 편견을 이겨 내면서 살아야 한다.

이것이 법이다

군대에 가서 죽고 사회적으로도 실수 하나 하면 매장당하고 산재의 95% 이상은 남자일 뿐만 아니라 결혼할 때 데이트 비용도, 차도, 집도 다 있어야 하는 아이러니한 상황을 겪어야 한다.

사회적으로 여성이 성적인 용도로 소모된다면 남성은 노동력이나 군사력 등으로 소모된다고 봐야 한다.

그건 한국뿐만 아니라 다른 나라도 마찬가지다.

결과적으로 남자든 여자든 살기 힘든 건 마찬가지다.

그런데 일부 자칭 페미니즘을 주장하는 여자들은 그걸 인정하지 못한다.

"결국 공평해야 하는데 그렇지 못한 거야."

그렇게 시스템을 만들 때 공평한 사람이 잡으면 문제가 안 되는데 자칭 페미, 타칭 남성 혐오 주의자가 권력을 잡으면 문제가 된다.

"페미니즘의 목적은 여성과 남성이 같은 대우를 받는 거야. 문제는 진짜 페미니스트는 우리나라에서 세력이 약하다는 거야. 사실 우리나라 여성운동은 남녀가 동일하다가 아니라 남자에 대한 혐오로 귀결되는 경우가 많아. 그런데 그러한 남성 혐오 주의자들을 여성운동가들과 구분하는 건 쉬운 일이 아니거든. 그들은 권력을 잡으면 남자에게 무차별적으로 역차별을 하지, 남자가 약한 소리를 하면 징징거린다고 뭐라고 하거나, 아니면 지금까지 너희들이 꿀을 빨았으니 이제는 우리가 꿀을 빨 차례라고 하거나 하는 식으로 말이야. 남자도 남자로서의 힘든 점이 있다는 걸 혐오 주의자들은 인정하지 않아. 극단적 역차별이지."

"아, 무슨 소리인지 알 것 같네."

지금의 대한민국은 남자든 여자든 다 살기 힘든 나라다.

그건 어느 한쪽의 잘못이 아니라 사회 시스템의 잘못이니 그걸 고쳐야 나라가 발전한다.

"그런데 그런 게 아니라 그 잘못을 한쪽에 뒤집어씌운다는 거잖아?"

"그렇지. 지금도 마찬가지고."

내부 고발 시스템을 만들 때만 해도 대부분의 가해자는 남자였고, 그에 상응하는 시스템이 구축되었다. 그런데 그게 문제가 된 것이다.

"피해자가 남자인 경우는 별로 없었으니까."

그들은 남자들이 당한 성희롱에 대해서 있을 수 있는 일, 또는 남자가 그것도 못 버티냐는 식으로 대응했던 것.

"거기에다가 여성은 무조건 피해자라는 프레임이 문제가 된 것 같네요."

다른 직원들도 그렇게 이야기하면서 고개를 끄덕거렸다.

누군가 고발하자 자칭 몇몇 친목을 도모하던 사람들이 누명을 씌운 것.

"흠……."

노형진은 상황이 대충 이해가 가자 한숨이 푹 나왔다.

"이번 사건은 쉽지 않겠는데."

"응, 어째서? 시스템만 고치면 되는 거 아니야?"

"그게 문제야. 우리나라뿐만 아니라 다른 나라도 마찬가지지만, 여성운동은 좀 괴상해서 말이지."

잘못된 걸 잘못되었다고 하는 게 아니라 여성에게 조금이라도 불리하면 덮어놓고 극렬하게 반응하는 것이 우리나라의 여성운동이다.

"만일 여성운동 중 '이런 부분이 잘못되어 있다.'라고 지적하면 그 순간 여성 혐오 주의자가 되는 거지. 로더럼 사건이랑 비슷한 거야. 명백하게 잘못된 거지만 우리는 약자니까 그냥 둬야 한다고 요구하면서 하나의 권력화하는 거지."

"너무 극단적인 거 아냐?"

"상황이 아니라 기본적인 인간 감정에 대한 이야기야. 물론 로더럼처럼 막장은 아니기는 하지만 말이야. 호의가 계속되면 권리인 줄 안다는 말이 그냥 생긴 건 아니잖아?"

손채림은 부정하지 못했다. 실제로 있는 일이니까.

"뭘 하든 그 조직의 부패는 어쩔 수가 없어. 부패가 없는 조직이라는 건 존재할 수 없으니까. 중요한 건 그걸 자정할 수 있느냐 없느냐거든."

그런데 여성운동은 그 자정을 위해 누군가 지적을 하면 그를 적으로 보고 사회적으로 생매장시켜 버리려고 한다.

"그러다 보니 누구도 여성운동에 대해서 지적하지 못하는 거야."

"하긴…… 얼마 전에 나도 친구한테 그런 소리 들었다."

자기 남자 친구와 여성운동을 하는 곳에 갔는데 남자와 왔다는 이유만으로 자신을 명예 남성이라고 모욕하며 마치 성매매하는 여자인 것처럼 대했다는 것.

처음 간 것도 아니고 전부터 알던 사람들이, 남자 친구와 왔다는 이유 하나만으로 그렇게 돌변했다는 것이다.

"결과적으로 그런 남성 혐오 주의자들이 여성운동에는 심각한 악영향을 주지. 사회에는 더 큰 악영향을 주고 말이야. 대룡의 경우는 더더욱 말이지."

그들이 여성운동이라는 가면을 쓰고 남성 혐오를 하게 될수록 여성운동의 이미지는 망가지고 그걸 색안경을 끼고 보는 사람은 많아질 것이다.

그리고 그럴수록 운동은 더 극단적으로 치닫게 될 테고.

'혐오는 돈이 된다.'

혐오는 언제나 돈이 된다.

혐오에 빠지면 사리 분별을 하기보다는 극단적 증오만 드러내며 아낌없이 돈을 주니까.

문제는 혐오 주의자들에게 돈이 될지언정 조직이나 사회는 썩어 문드러진다는 것.

거기까지 생각이 미친 노형진은 절로 표정이 일그러졌다.

"아무래도 이건은 회장님이랑 이야기해 봐야겠는데."

⚖

"그런 일이 있었나?"

"그리고 그 내부감사 팀 책임자가 손연난이라고 하던데, 누군지 알고 고용하신 겁니까?"

"여성 단체에서 추천해 준 사람일세."

노형진은 한숨이 나왔다.

어쩐지 이상하다 싶었다.

그런 여자가 내부감사 팀을 이끌고 있으니 이 꼴이 날 수밖에 없는 것이다.

"그 여자는 극렬 페미, 아니 이건 페미니즘에 대한 모욕이겠네요. 극렬 성차별 주의자입니다."

"성차별 주의자?"

"네. 남자보다 여자가 지능도 더 높고 뛰어나다고 생각하는 사람이에요."

"허."

"남자는 근력이 높을 뿐이니 사회적으로 중요한 결정과 연구는 지능이 높은 여성이 해야 한다고 주장하는 사람입니다."

생각지도 못한 말에 유민택은 어이가 없어서 입을 쩍 벌렸다.

"그걸 말이라고 하는 건가?"

"말이라고 하는 겁니다."

그런 정신을 가진 사람을 감사 팀에 앉혀 놨으니 내부감사가 제대로 진행될 리 없다.

단순히 양성평등을 주장하는 게 아니라 상대방의 권리 자체를 부정하고 박탈해야 한다고 주장하는 사람이니까.

"그거 문제로군."

"심각한 문제죠. 이대로 두면 회사 내부에서 남자와 여자의 싸움이 일어날 겁니다. 그리고 인터넷에서 보셔서 알겠지만, 그걸로 싸우면 평화란 절대로 없어요. 회사가 망해도 싸웁니다."

"끄응……."

일이 생각보다 크다는 생각에 유민택은 한숨만 내쉬었다.

"거기서는 공정한 사람이라고 소개해 줬는데."

"공정하다는 건 양쪽 다에게 평등하다는 뜻입니다. 이 경우는 과거와 다르게 역전된 거예요."

남자가 피해자고 여자가 가해자가 되어 버린 상황.

"물론 아직은 여성 직원이 숫자가 적고 임원도 적으니까 크게 티가 나지 않겠지요. 하지만 이런 식으로 서로가 서로에게 견제를 받고 증오를 받으면서 사회생활을 한 사람들이 승진해서 회사를 이끌게 되면 어떻게 되겠습니까?"

"망하겠군."

"확실하게 망하지요."

한 기업이 정상적으로 운영되는 게 아니라 증오와 분노로 만 움직인다면 그 기업의 미래는 뻔하다.

"그러면 어떻게 해야 하나? 한쪽을 다 자를 수는 없지 않나?"

"그렇지요."

"그러면 그 사람을 잘라야 하나?"

"가장 효율적인 방법은 그 사람을 자르는 거죠, 그게 가능 하다면."

"그게 불가능하다는 건가?"

"불가능하지는 않습니다. 다만 그 후폭풍이 어마어마할 뿐이죠."

"후폭풍?"

"잘리면 그 여자가 그냥 '아, 제가 잘못했습니다.'라고 하 면서 물러날 것 같습니까?"

유민택은 눈을 찌푸렸다.

노형진이 말한 대로 성차별 주의자라면 도리어 자신들을 물고 늘어지면서 자신들에게 여성 혐오 프레임을 뒤집어씌 우려고 할 것이다.

"자칭 여성운동 하는 놈들이 많이 하는 짓이지요."

자신들에게 조금이라도 불리하다고 생각하면 올바른 토론

이나 개혁은 뒷전이고 상대방에게 무조건 성차별 주의자 프레임을 뒤집어씌우고 비난을 퍼부으며 귀를 막는 것.

　그것이 오래된 그들의 수법이며, 여성계가 자정이 되지 않는 이유 중 하나였다.

　'다 필요 없이 성차별 프레임 하나 뒤집어씌우면 끝이니.'

　과거의 빨갱이 놀음과 비슷하다.

　상대방에게 빨갱이라고 뒤집어씌우면 그때부터는 대화의 대상이 아니라 타도의 대상이 된다.

　이번에도 마찬가지일 것이다.

　그녀를 자르면 그녀는 여성운동을 하는 사람들을 움직일 테고, 유민택과 대룡은 졸지에 성차별 프레임을 뒤집어쓰게 될 것이다.

　'그리고 망하는 거지.'

　이런 식으로 기업 하나를 망하게 했던 걸 기억하고 있는 노형진은 현 상황에 머리를 부여잡았다.

　"그래도 그냥 잘라 버리는 게……."

　"그러면 좋겠지만 분명히 성차별을 들고 나올 겁니다."

　"으음……."

　그건 절대로 좋지 않다.

　이미지로 먹고사는 기업이 성차별 프레임을 뒤집어써서 좋을 게 없다. 특히나 좋은 기업일수록 더 그렇다.

　"'그런 면이 있을 줄이야.'와 그럴 줄 몰랐다.'의 차이가 얼마나 큰지 아시죠?"

"알지."

나쁜 사람이 한번 좋은 일을 하면 그런 면이 있을 줄 몰랐다면서 그 가치가 높아지지만, 좋은 사람이 한번 실수하면 '그럴 줄 몰랐다.'라고 하면서 천하의 개쌍놈이 되는 것이 세상이다.

그러니 하나하나 조심해서 움직이는 수밖에 없다.

"강자의 역설이구먼."

"정확한 표현입니다."

강하니까, 그러니 조심해서 움직일수록 더 많이 고통받는 현실.

"이거…… 골 때리는군."

"상황을 알았으니 내부를 좀 더 조사해 봐야 알겠지만 아마 만만한 상황은 아닐 겁니다."

"후우."

유민택은 얼굴을 부여잡았다.

"이래서 다른 기업 회장들이 날 비웃는다니까."

"네?"

"전에 경제인 회의에 갔더니 그러더구먼, 그렇게 잘해 준다고 해서 알아줄 것 같냐고."

노형진의 얼굴에 씁쓸한 표정이 떠올랐다.

"하나를 잘해 주면 두 개를 요구하는 게 인간이라면서, 착

취하다가 하나씩 던져 주면 되는데 왜 못 퍼 줘서 안달이냐고 하더군."

"그것도 틀린 말은 아니죠. 애석하게도요."

효율적으로 착취하는 기업일수록 성장이 빠르다.

대룡이 바른 운영을 하기 전부터 바른 운영을 한 기업이 있다. 비정규직도 쓰지 않고 돈도 제대로 지급하는.

국민들에게도 유명하지만, 그 기업의 재계 순위는 500위권 바깥.

"감사할 줄 알고 협동할 줄 아는 게 사람이지만, 또 누군가의 호의를 뜯어먹으면서 사는 것도 인간이거든요."

"그러면 어떻게 해야 하나? 그냥 둘 수는 없지 않나."

"일단은 정확한 사태 확인 후에 방법을 찾아봐야지요."

병을 도려내기 위해서는 먼저 그 병에 대해서 알아야 할 테니까.

정상은 비정상을 이긴다

"아주 개판이네, 개판."

조금씩 조사한 회사 내부는 개판 5분 전인 상황이었다.

"조직적 퇴직을 유도했단 말이지?"

"어. 몇몇이 벌써 압력을 받고 있어."

"허어."

상황이 비정상적이니 그에 대해 항의하거나 고치려고 하는 사람이 있기 마련이다.

그러면 그런 그들을 회사 내부의 페미라고 자칭하는 혐오단체에서 온갖 방법으로 쫓아내려고 시도했고, 실제로 성공하기도 했다.

"왕따를 조장하고 업무를 주지 않거나 인사고과에 최하위

점수를 주거나 전혀 업무도 아닌 걸 시키거나 반대로 과도할 정도의 업무를 준다…… 어쩐지 비정상적일 정도로 사람들이 많이 그만둔다 했다."

속칭 조리돌림이라고 하는 집단 특유의 공격 방식.

그 방식은 사람의 피를 말려 버리는 것이기 때문에 정상적인 사람들이라면 그만두지 않을 수가 없다.

"그런 걸 본 다른 사람들은 결국 입을 다무는 걸 선택하겠지. 안 그래?"

"맞아."

"거기에다 다른 여직원들에게 사실상 세뇌에 가까운 피해 망상을 주입하고."

"잘 아네."

"만일 거기에 대항하면 다시 조리돌림 시작."

"너 따로 조사했냐?"

다 보고하기도 전에 줄줄이 읊어 대는 노형진을 보고 손채림이 어이없다는 듯 말하자 노형진은 고개를 흔들었다.

"전형적인 방식이거든."

한 집단을 적극적으로 공략할 때 쓰는 방식이다.

"안정적인 집단이라면 이런 공격이 안 먹혀. 하지만 개혁하려고 하는 집단이라면, 특히나 여성 피해자에 대한 구제를 하려고 하는 집단이라면 그들이 파고들기 쉽지."

지난번 사건으로 인해 내부적으로 여성 피해자들을 구하

기 위해 여성운동가들을 들였는데, 그중 일부 질이 좋지 않은 작자들이 권력을 잡으면서 이 꼴이 난 것이다.

"그리고 정상적인 여성운동가들은 쫓겨났을 테고."

"허얼? 어떻게 알았어?"

"당연한 거 아냐?"

정상과 비정상이 함께 있으면 당연히 비정상이 문제가 된다.

아이러니하게도 비정상적인 혐오 운동이 활개를 치려면 정상적인 여성운동이 없어져야 한다.

"그리고 그걸 막으려고 하는 사람은 여성 혐오라는 프레임을 뒤집어씌우는 거지. 그렇다고 여성운동가들이 고발할 수도 없고."

고발해 봐야 일단 범죄에 해당되는 경우가 드물기 때문에 실질적으로 효과가 없다.

거기에다 고발하는 경우 최악의 상황이 닥치면 다시 과거로 회귀하는 수가 있기 때문에, 그걸 우려한 여성운동가들은 고발을 포기하고 물러나는 수밖에 없다.

"대부분의 단체가 같은 과정을 거치면서 극렬화되는 거지. 그래서 오래된 단체들이 대부분 제정신이 아닌 거고. 넌 진짜 페미니즘 하는 사람들이 얼마나 여성 혐오자 취급을 받는지 모를걸."

어깨를 으쓱하는 노형진.

"대표적인 게 그린우드지."

"그린우드?"

"그래. 처음에 그린우드를 만든 창립자가 그린우드에서 쫓겨난 건 알고 있어?"

"헐."

"지금 그린우드는 극렬 운동가들이 권력을 잡고 있어."

그린우드는 자연보호 단체다. 하지만 현재는 과도한 극렬화로 문제가 되고 있다.

고래를 보호하자거나 숲을 보호하자는 운동은 문제가 안 된다.

그런데 그들이 모든 인공 화학물을 사용 금지하자는 식으로 캠페인을 벌이고 있다는 걸 사람들은 잘 모른다.

"염소의 사용이 문제가 되었다고 하더군."

"염소? 동물?"

"아니, 화학물."

"그게 왜?"

"염소는 공공 보건 분야에서 중요한 물질이거든. 일단 수돗물부터가 염소 소독을 한 물이니까."

"아하!"

"수영장 물도 염소 소독을 하지."

그런데 그린우드의 강경파는 그마저도 반대했다.

하지만 염소 소독을 그만두면 자연을 있는 그대로 보존할

이것이냉이다

수 있을지는 몰라도 사망률은 무서울 정도로 올라갈 게 뻔하다.

물을 매개체로 해서 번지는 질병이 생각보다 많은데, 염소 소독을 통해 그걸 막기 때문이다.

"여기도 마찬가지야."

극렬분자들이 자리를 잡은 이상 그들을 쫓아내려고 하면 분명히 문제가 생긴다.

그렇다고 그냥 두면 회사가 내부에서부터 무너질 게 뻔하다.

"설마."

"설마가 사람 많이 잡는다. 궁극적으로 남성 혐오 운동에서 유민택은 때려잡아야 하는 타도 대상이야. 전형적인 남성적 리더에, 나이도 많지. 남성 혐오 운동은 상대방이 남성이면 무조건적인 혐오 대상이야. 어떤 사람인지 능력이 어떤지는 보지도 않지."

"끄응."

사실 세력이 작을 때 정리했다면 일이 이렇게 커지지는 않았을 것이다.

하지만 이미 세력이 커진 다음이니 도무지 방법이 없다.

"그러면 어쩌지? 공격하자니 혐오 운운할 테고 안 하자니 악화될 테고."

노형진은 씩 웃으면서 계획서를 꺼내 놨다.

"이미 작전은 준비해 놨어."

"허어?"

"한두 번 당한 게 아닌데, 내가 바보냐?"

그만큼 안다는 것. 그건 여러 번 당했다는 뜻이다.

물론 미래에 당했던 것이지만 그들의 행동 패턴은 언제나 비슷했다.

"뻔하게 다 보이는데 거기에 또 당하면 문제겠지."

"이게 그 해결책?"

서류를 받아 살펴본 손채림.

그리고 어이가 없다는 표정으로 노형진을 바라보았다.

"이게 될 거라고?"

"응? 그럼. 충분히 가능하지."

"설마. 고작 이거 가지고?"

"고작이 아니야. 원래 비정상은 정상을 이기지 못하는 법이야."

"음…… 그렇기는 한데."

"너, 저들이 몇 년간 들어가려고 하다가 실패한 곳이 어디인지 알아?"

손채림은 고개를 흔들었다. 그런 곳이 있다는 곳은 금시초문이었던 것이다.

"바로 어머니 모임들이야."

"어?"

"저들은 남성에 대한 혐오를 자극하려고 하지만 어머니들에게 남성은 남편이고 아들이거든. 그러니 그게 먹히겠냐?"

"아아."

"혐오는 자신이 그걸 가질 수 없기 때문에 품게 되는 거야."

"그거…… 엄청난 팩트 폭력이다."

노형진은 씩 웃었다.

"자, 저들이 과연 정상적인 사회를 어떻게 받아들이는지 보자고. 후후후."

⚖

"회사의 가족화라."

유민택은 떡하니 붙어 있는 공고를 보면서 만족스러운 듯 웃었다.

"마음에 안 드십니까?"

"아니, 마음에 드네. 다만 가족 같은 회사가 아니라 가좆 같은 회사라는 소리를 들을까 봐 걱정인 거지."

싱글거리면서 웃는 유민택.

그 농담을 알아들은 노형진은 피식 웃었다.

"그런 말이 있기는 하지요."

가족 같은 회사라고 해서 갔더니 가족처럼 공짜로 부려 먹으려고 해서 엿 같더라 하는 식의 농담.

"하지만 현실은 인정해야지요."

"암, 인정해야지."

"회장님은 사내 결혼에 반대하십니까?"

"아, 그렇지는 않네. 구더기 무서워서 장 못 담글까?"

사내 연애나 사내 결혼을 금지하는 곳이 종종 있다. 헤어지면 관계가 어색해진다는 것이다.

하지만 그들은 하나만 알고 하나는 모른다.

"대부분 사내 연애를 하면 회사에 대한 충성도가 올라가거든."

"그렇지요."

"그리고 말이지, 청춘 남녀가 모였는데 거기서 불꽃이 안 튀면 그게 이상한 거야."

"정답이십니다, 하하하."

아무리 금지해도, 아무리 막아도 사내 연애를 하는 사람들은 있다.

다만 모른 척할 뿐.

"이제는 아주 대놓고 사내 연애하라고 판까지 깔아 준다니 커플이 많이 늘겠지?"

"그렇겠지요."

커플뿐만이 아니다. 가족들을 위한 수많은 서비스들도 있다.

물론 그에 들어가는 돈이 적은 것은 아니다.

하지만 거대 기업의 입장에서 아주 큰 돈인 것은 아니니 충분히 감당할 정도다.

"도리어 이번에 그 돈을 들여서 이미지가 좋아졌다네. 각하께서 치하의 말씀을 하시더군."

"각하께서요?"

"지금 저출산이 문제 아닌가?"

"그렇기는 하지요."

"적극적으로 해결하려고 하니 좋아 보인다고 하면서 치하하시더군."

"그렇게 되나요?"

물론 정부를 위해 한 것은 아니다. 하지만 그것도 나쁜 생각은 아닌 듯했다.

"과연 남성 혐오 주의자들은 어떻게 반응할지 두고 보자고, 후후후."

⚖

커플과 가족을 위한 여러 가지 혜택이 발표되자 사람들은 다들 어리둥절한 표정이 되었다.

"이게 사실이야?"

"그러게. 허얼."

커플을 위한 휴가 기간 맞춤 서비스, 상견례를 위한 식당 가격 50% 지원, 식당에 커플 룸 생성 등 많은 혜택이 빼곡하게 적혀 있었다.

"거기에다 회사 내 맞선이라니."

회사 내 맞선이라고 해서 회사 내부에서만 만나는 게 아니다.

회사 외부의 사람을 등록하고 싶다면 내부의 추천을 받아서 간단한 상담 후에 등록하는 것도 가능하다.

"나 이거 완전 필요해."

"엉?"

그걸 보고 남자 직원 한 명은 방방 떴다.

"왜?"

"너 맞선 본 적 없냐?"

"어? 없는데? 나야……."

"젠장, 잘생긴 놈은 좋겠다. 난 오징어라서 그래."

"오징어?"

"그래, 이 새끼야. 아무도 선 자리를 주선해 주지 않아서 내가 맞선 업체에 찾아가야 한단 말이야."

문제는 그 맞선 비용이다.

일반적으로 맞선 업체에 한 번 등록하고 7회 정도 만남을 주선하는 데에 드는 비용이 200만 원선.

"헐? 그렇게 비싸?"

"그래, 더 빡치는 게 뭔지 아냐?"

남자는 왠지 서글픈 표정으로 담배를 물었다.

"뭔데?"

"거기도 알바 쓰더라, 씨발."

"허얼?"

남자가 만남을 원하면 결혼하고 싶어 하는 여자를 보내는 것이 정상이다.

하지만 몇몇 질이 좋지 않은 곳은 알바생이나 직원을 내보내서 맞선을 보게 만드는 짓거리를 한다는 것이다.

"그래서 400만 원이나 날렸다, 씨발."

"저런."

"그래도 이건 회사에서 해 준다는 거니까 최소한 뒤통수는 치지 않겠지."

"힘내라."

친구는 그의 어깨를 두들기면서 위로했다.

"공짜 위로 말고 소개 좀."

"싫어."

"망할 새끼. 이래서 잘생긴 새끼는 싫다니까."

그는 담배를 물고 허공에 연기를 뿜으면서 한숨을 내쉬었다.

⚖

"후우."

한 과장은 한숨을 내쉬면서 얼굴을 비볐다.

그의 모니터 화면에는 생각지도 못한 공지가 올라와 있었다.

불임 부부를 위한 회사 내 클리닉 운영 안내

본사에서는 회사 내에 불임 부부를 위한 클리닉을 운영합니다.

클리닉 대상자는 신청에 따라서 진행되며 운영 장소는 서울과 광주, 부산입니다.

신청한 사람의 경우 클리닉 비용의 절반이 회사에서 자급됩니다.

상관없는 사람도 많을 테지만 한 과장에게는 절실한 이야기였다.

"불임 치료라……."

불임 치료에는 어마어마한 돈이 든다. 아직까지 불임은 의료보험이 되지 않기 때문이다.

그런데 아내가 불임이라 치료를 하려면 매년 적지 않은 돈을 내야 해서 아이를 가지는 것을 포기하고 있었다.

그런데 기회가 생긴 것이다.

'정부에서 지원하는 걸 신청하고……'

많지는 않지만 정부에서도 이러한 불임 치료비를 일부 지원한다.

거기에다 회사 내부에서 운영하는 클리닉의 목적은 수익

이 아니라 최소한의 운영비와 장비 가격 회수인지라 상대적으로 가격이 싸다. 그마저도 절반은 회사의 책임.

"꿀꺽……."

그는 한번 침을 삼켰다.

사실 불임 치료는 남자도, 여자도 힘든 과정이다.

특히나 여성에게는 신체적으로도 힘들다.

한번 해 봤기 때문이 안다.

만일 장모님이 암에 걸리지 않으셨다면 계속했을 테지만…….

그는 떨리는 손으로 전화기를 들었다. 그리고 천천히 입을 열었다.

"어, 여보? 난데……."

⚖

친가족 경영을 모토로 내걸고 가족들을 위한 혜택에 신경을 쓰기 시작하자 일부에서는 당장 기업이 망한다면서 거품을 물기 시작했다.

그중에는 상당히 높은 직급도 있었다.

"돈이 넘쳐 나는 것도 아닌데 이렇게 돈을 쓰면 어쩌자는 겁니까!"

불만이 가득한 표정으로 말하는 여자. 그는 다름 아닌 손연난이었다.

"그러니까요."

"이거 여혐입니다! 우리가 무슨 성 노예예요? 아니, 왜 맞선을 주선합니까! 강제로 결혼하라니, 말이나 돼요?"

"맞습니다. 회사가 제정신이 아니에요!"

"우리가 무슨 애 낳는 기계예요? 불임 치료? 그 고통을 겪는 여성 동지들을 얼마나 무시하는 건지 뻔하게 보이지 않습니까!"

그들은 가감 없이 분노를 표출하고 있었다.

회사에서 추진되는 가족 지원 시스템. 그게 그들을 자극했기 때문이다.

물론 그들은 이 모든 시스템이 절대로 강제는 아니며 자신이 원하는 경우 신청해야 누릴 수 있는 것임은 전혀 감안하지 않고 있었다.

"상부에 항의해야 합니다."

"맞아요. 이건 우리 여성을 성 노예이자 애 낳는 기계로만 보는 짓거리예요!"

극렬하게 화를 내는 사람들.

'이건 뭐…….'

슬쩍 그들의 집단에 끼어든 손채림은 머리를 절레절레 흔들었다.

"이건 명백한 여성 혐오입니다!"

애초에 이 회의 결과는 정해져 있었다.

회의 주제 자체가 현재 이루어지고 있는 여성 혐오 정책에 대한 토론이었으니까.

"말이 되는 소리를 하세요."

"이게 왜 여성 혐오야?"

"이건 우리한테 필요한 거라고요!"

물론 대다수 여자들은 그에 항의했다.

일부 극단적 혐오 주의자들 때문에 자신들이 필요한 혜택을 잃을 수는 없기 때문이다.

"아니, 이게 여성 혐오가 아니고 뭐예요!"

"여자가 애 낳으면 여성 혐오냐!"

특히나 결혼한 어머니들은 극렬하게 항의했다.

불임 부부를 위한 지원도 있지만 맞벌이 부부를 위해 회사 내부에 어린이집을 만드는 것도 계획 중에 포함되어 있었기 때문이다.

"당신들은 여자로서의 자존심도 없어?"

"지금 이게 자존심을 따질 문제야?"

전이라면 저들에게 집중 공격을 받아서 회사를 그만두는 수밖에 없었기 때문에 입을 다물었을 테지만, 이번만큼은 아니었다.

대부분의 여성들이 정상적인 생각을 하고 있었고, 자신들에게 혜택을 준다고 하자 그걸 지키고자 하는 것이다.

전에는 반항하면 잘리는 거지만 이번에는 반항하지 않으면 혜택을 잃게 되는 것.

"아니…… 지금 그걸 말이라고……."

극단적인 남성 혐오를 주장하던 자칭 페미니스트들은 당황했다.

지금까지는 그냥 모른 척하던 여자들이 왜 갑자기 달려드는지, 이해할 수가 없었기 때문이다.

"회의하자고 했으면 제대로 회의를 해야지, 애초에 이건 성차별이라고 못 박아 두고 이야기를 꺼내면 어쩌자는 겁니까!"

다른 여직원들의 항의에 결국 손연난은 목소리를 높였다.

"자, 자, 일단 잠깐 정회하겠습니다."

"정회는 무슨 정회야!"

한창 시끄러운 그들을 보면서 손채림은 조용히 자리를 떠났다.

⚖

"선동이 안 먹힌다고?"

"그런 것 같더라."

"당연하지."

노형진은 피식 웃었다.

"애초에 선동이라는 것은 자신에게 이득이 되거나 자신이 실제로 당한 것이 있어서 공감해야 가능한 거거든."

"하지만 회의 기록을 보면, 전에는 여자들이 지금처럼 격하게 저항하지는 않은 것 같던데."

"아, 그 이유는 간단해. 여성 인권이 높아지면 자신들도 유리해지니까."

"응?"

"저들이 남성 혐오 주의자인 건 모두가 다 아는 사실이야. 하지만 어찌 되었건 여성운동을 하는 사람이지. 그들이 싸워서 권력을 쟁취하면 자신들에게도 유리하니까."

"암묵적으로 모른 척했다 이거야?"

고개를 끄덕거리는 노형진.

"그건 남성과 여성의 문제가 아니라 인간의 문제야. 2차대전 당시에 히틀러가 외친 반유대주의와 비슷하지."

그 당시 유태인들은 막대한 자본을 쥐고 있었다.

물론 그게 독일을 무너트릴 정도는 아니었다.

하지만 2차대전이 터지고 난 후 히틀러는 그 점을 노려서 유대인 학살을 시작했다.

"대부분의 사람들이 그걸 모른 척했지."

유태인들이 죽으면 그 재산을 중간에 빼돌릴 수 있어서였다.

"지금도 마찬가지야. 저들이 극렬하게 싸울수록 여성의

인권과 권리가 늘어나는 것도 사실이거든."

그래서 그동안은 여성들도 그냥 모른 척했던 것이다.

하지만 이번은 다르다.

다른 여성들에게 절대적으로 필요한 정책이 몇 개 포함되어 있기 때문에 저들의 헛소리를 여성들이 들어 줄 이유가 없는 것이다.

"결국 이런 사회운동은 아래에서 지원해 주지 않으면 무너지기 마련이거든."

"아하! 그러니까 이번 가족 지원책들이 그 이득이 되어 주는 거구나?"

"그래."

저들은 단순히 무조건적인 혐오를 하지만 상식적으로 사람들이 자신들에게 이득이 되는 것을 거부할 리는 없지 않은가?

"그러면 이렇게 끝나는 거야? 의외로 쉬운데?"

노형진은 고개를 저었다.

"그럴 리가 있나. 이제 시작인데."

반사회적인 남성 혐오를 가진 사람들이 이제 와서 마음을 고쳐먹을 리는 없다.

"일단 아래쪽에서 지원하던 일반 여성들을 차단했으니 이제 중요한 것은 혐오 주의자들을 배제하고 진짜 여성운동가를 늘리는 거야."

이것이 법이다

"그게 쉬울까?"

절대로 쉬울 리 없다.

저들은 하나의 권력화되어 있는 집단이니 그 권력을 놓으려고 할 리 없다.

"너도 알다시피 전에도 여성운동가들은 있었잖아?"

"그건 그렇지."

"하지만 남성 혐오 주의자들의 등쌀에 대부분 그만뒀다면서?"

"맞아."

손채림의 대답을 들은 노형진은 고개를 주억거렸다.

저들은 진짜 여성운동을 하는 사람들을 좋아하지 않는다. 자신들이 정통성이 있다고 생각하기 때문이다.

"그러니 여성운동가들을 뽑아야지. 이번에는 제대로 뽑아야지. 엉뚱한 혐오 주의자들 말고."

"하지만 어떻게? 기존에 있던 사람들을 쳐 내야 하잖아. 저항이 심할 텐데?"

노형진은 손가락을 세워서 좌우로 흔들었다.

"노노노. 그건 장사꾼들의 생각이지."

"응? 장사꾼?"

"그래. 장사꾼은 현재만 본다. 하지만 사업가는 미래를 보지."

"무슨 소리야?"

"파이가 작다면? 그러면 파이를 키우면 되는 거야."

전혀 엉뚱한 말에 손채림은 어리둥절해질 수밖에 없었다.

⚖️

"그러니까 여성운동 팀을 늘리라고?"

유민택은 노형진의 말에 당혹감을 감출 수가 없었다.

안 그래도 남성 혐오 주의자들 때문에 시끄러워 죽겠는데 그 세력을 늘리라니?

"외견만 늘리라는 겁니다. 공식적으로는 늘어나는 게 아니죠."

"외견만 늘리고 공식적으로는 늘어나는 게 아니다?"

"네."

"으음…… 난 이해하지 못하겠는데……."

"현재 가장 큰 문제는, 진짜 여성운동을 하는 사람은 없다는 겁니다."

"아네. 그래서 고민하는 거 아닌가? 제대로 된 여성운동가들을 불러다가 그들의 숫자를 늘리자는 것 같은데……. 전에도 그랬지만 혐오 주의자들의 등쌀에 대부분 그만뒀다는 걸 잊은 모양이군."

유민택이 핵심을 지적하자 노형진은 씩 웃었다.

"압니다. 사실 똑같은 방법을 써 봐야 의미가 없겠지요."

"알면서 왜 세력을 늘리라는 건가?"

"늘리라는 게 아니라 키우라는 겁니다."

"뭐라고?"

"현재 혐오 운동을 하는 사람들은 대부분 사원이지요. 안 그런가요?"

"그러네."

"그들을 자르고 싶어도 자를 수가 없지요."

"그게 문제지."

일단 노동법 위반이다. 그러니 마음대로 해직시킬 수도 없다.

두 번째로, 그들을 무단으로 자른다면 여성 단체에서 들고 일어날 가능성이 아주 높다.

"그러니 그들을 승진시키는 겁니다. 상무급으로요."

"자네, 미쳤나?"

상무급은 단순히 직원이 아니다. 관리직이 되어 어마어마한 권력을 가진다는 뜻이다.

"미친 게 아닙니다. 혐오에는 혐오로 대응하는 거죠."

"혐오에는 혐오로 대응한다?"

"네. 한 조직을 무너트리는 가장 좋은 방법이 뭐라고 생각하십니까?"

"내분이지."

유민택도 바보는 아니다.

기업의 가장 큰 약점이 바로 내분이라는 것쯤은 알고 있다. 그래서 지금 이렇게 다급한 거고.

남성 혐오 주의자들 때문에 회사 내부에서 내분이 생기고 있으니까.

"그러니 저들을 승진시키는 겁니다."

"그게 무슨 의미가 있는데?"

"혐오는 자신이 가지지 못한 것에 대한 질투 같은 거죠."

"그래서?"

"만일 내부에서 선택적으로 승진이 이루어진다면 어떻게 될까요? 그것도 엄청난 이권을 주면서요."

"승진과 이권?"

"네."

유민택은 멍하니 노형진을 바라보았다.

그러나 그의 머릿속에서는 작전이 팽팽 돌아가고 있었다.

"외부적으로는 여성 활동을 증가시키는 걸로 보일 겁니다."

상무급 책임자가 들어오면 당연히 조직의 확대라는 이미지가 강하다.

하지만 아무리 머리가 있어도 손발이 따라오지 않는다면 조직이란 유명무실해지는 것이 당연한 일.

"내부에서 승진시킨다라. 서로 엄청나게 싸우겠군."

손연난이 대표로 현재 가장 높은 직급이기는 하지만, 그렇

다고 해서 무조건 손연난을 상무급으로 승진시켜 줘야 한다
는 법은 없다.

"혐오하는 자들의 공통점은 자신이 이권을 놓치면 그걸 빼
앗아 갔다고 생각하는 사람에게 극단적 혐오를 품게 된다는
거지요."

"허, 자네 무섭구먼."

숫자를 늘릴 이유는 없다. 일단 승진만 시키면 된다.

단, 모두의 추천을 받아서.

"어떤 일이 벌어질지 아주 흥미진진하군."

유민택은 눈을 반짝거리면서 말했다.

"우리 대룡에서는 성 평등을 위해 이번에 회사 내부에 성
평등 부서를 만들고 상무급 인사를 기용하기로 했습니다."

"성 평등 부서요?"

"네. 대표는 상무급 임원이 하고, 그 사람이 팀을 따로 구
성하는 거지요."

기존에 내부 감찰 업무를 하던 혐오 주의자들을 보면서 유
민택은 아무것도 모르는 것처럼 말했다.

"일단 상무급 대우이니 대표인 상무에게는 연봉 1억 5천과
차량 지원 그리고 법인 카드 지급 등의 혜택이 있을 겁니다."

"연봉 1억 5천요?"

다들 입을 쩍 벌렸다.

사실 지금 하는 감찰 업무에서 받는 돈은 연봉 3천 정도밖에 되지 않는다.

그런데 연봉 1억 5천, 거기에다 법인 카드까지 준다는 것은 사실상 연봉 2억에 육박한다는 뜻이다.

거기에다 차량과 운전기사까지.

"좋은 생각이십니다."

"그럼요. 여성운동이 이렇게 전 세계적으로 일어나는데 대룡같이 앞서가는 곳이 먼저 움직여야지요."

얼마 전까지만 해도 자기들끼리는 유민택을 타도해야 한다는 식으로 말하던 그녀들이었지만 지금은 당장 어마어마한 돈이 들어오는 자리가 생기자 흥분하면서 유민택을 칭찬했다.

"한국도 발전하는데 우리 여성들의 자리도 발전해야지요."

씩 웃으면서 말하는 유민택.

이쯤 되자 가장 중요한 이야기가 나왔다.

"그러면 그곳은 누가 담당하나요? 외부에서 들어오나요?"

탐나는 자리다.

하지만 그 탐나는 자리를 외부에서 들어온 이가 차지한다면 문제가 생길 게 뻔하다는 식으로 생각하는 사람들.

"아니요. 내부에서 승진시킬 겁니다."

"내부에서 승진요?"

"네. 안 그래도 그것 때문에 여러분을 모이라고 한 겁니다."

유민택은 모여 있는 사람들을 둘러보면서 나지막하게 말했다.

"승진이라고 해서 이 부서가 그대로 가는 건 맞지 않다고 생각합니다. 내부에서 승진시켜서 시스템화할 겁니다."

"내부에서 승진이라고 하면……."

"업무상 다소의 우열이 있기는 하겠지만, 다들 비슷한 시기에 들어오셨지요?"

다들 고개를 끄덕거렸다.

물론 손연난이 주도하고 있지만 공식적으로 그들의 직급은 평등하다.

최선임이라고 해도 그나마 몇 달 더 들어온 정도일 뿐.

"그러니 우리가 심사해서 적당한 사람을 승진시키겠습니다."

유민택은 태연하게 웃으며 말했지만 속으로는 그들의 눈빛이 변하는 것을 느긋하게 즐기고 있었다.

⚖️

"기가 차는구먼."

유민택은 혀를 끌끌 차면서 들어온 종이들을 바라보았다.

발표가 난 지 채 사흘이 지나지 않았다. 그런데 벌써 수십 장의 투서가 날아왔다.

그동안 철저하게 감춰지던 비밀들이 이렇게 어이없게 드러나자 유민택은 기가 막혀서 말이 나오지 않을 지경이었다.

"이 중 절반이 범죄나 마찬가지야. 아니, 범죄라고 봐야겠군."

협박이나 강압 그리고 명예훼손, 허위 사실 유포 등등 감춰진 진실이, 아군이라는 사람들에게서 무차별적으로 들어오고 있었다.

"이름도 없고 누가 보낸 건지도 모르겠지만……."

유민택은 눈을 찡그렸다.

"개판이로군."

"원래 군대에서도 투서의 가장 큰 이유는 승진이지요."

군대라는 조직은 위가 나가지 않으면 승진하지 못하는 구조다. 그러니 어떻게 해서든 윗사람을 쳐 내야 한다.

그리고 그 때문에 악질적인 투서가 계속 이어지고 있다.

문제는 그랬다가는 하극상이니 뭐니 하는 이야기가 나오기 마련이라는 것이다.

그래서 군대에서는 이런 투서 사건이 벌어지면 투서한 사람도 처벌한다.

"그런데 웃긴 건, 투서라는 건 결국 내부 고발이거든요.

그러니 내부 고발자를 처벌하는 꼴이 되는 겁니다. 웃긴 일이지요."

"하긴…… 군대가 좀 답이 없는 조직이기는 하지. 그나저나 이제 어쩌지? 자네 예상대로 투서가 엄청나게 날아오기는 했는데 이 투서한 걸로 고발하자 이건가? 음, 좋은 생각이군."

그렇게 되면 현재 남아 있는 사람들의 80%는 그만두게 할 수 있다.

하지만 노형진은 그렇게 단순하게 생각하지 않았다.

"그렇게 되면 또 우리가 뒤집어쓸 가능성이 있습니다."

"뒤집어쓰다니?"

"그쪽에서 우리가 있지도 않은 투서를 조작해 낸 거라고 주장하면 어떻게 될까요?"

"아……."

이름도 뭣도 없는 투서다.

누가 넣었는지 특정할 수는 없다. 내용도 확실한 게 아니고.

"재수 없으면 사찰했다고 독박을 쓸 수도 있어요."

"그러면 어쩌지? 우리 목적은 그들을 붕괴시키는 것 아닌가?"

"배신은 배신을 낳는 법이지요, 후후후."

"지금 이게 무슨 짓들입니까!"

유민택은 여성 감찰관들을 앞에 두고 탁자를 두들기면서 분노를 감추지 않고 소리를 질렀다.

"힘을 모아 같이 열심히 일해도 모자랄 판국에 투서라니!"

"투서요?"

"그래요! 같이 일하는 사람의 뒤통수를 이렇게 치는 사람이 어디 있습니까!"

소리를 버럭버럭 지르는 유민택.

"도대체 감찰관이라는 사람들이 이 지경이 되도록 썩었다는 게 말이나 됩니까!"

"……."

"해야 하는 일도 제대로 하지 않고 일을 이 지경으로 만들다니. 허허, 참……."

어이가 없다는 표정이 되는 유민택.

"추천해 달라고 했지, 서로 고발하라고 했습니까?"

"……."

"원래는 이거 고발하고 싹 다 처벌해야겠지만……."

그러자 몇몇은 얼굴이 사색이 되었다.

자신들이 한 행동을 알고 있으니 고발하게 되면 어떻게 될지 뻔하게 그려진 것이다.

그런데 유민택의 입에서 생각지도 못한 말이 나왔다.

"이번 일은 불문에 부치겠습니다."

"네? 불문요?"

"이게 새어 나가면 우리 회사도 좋은 소리 듣지 못하는 건 당연한 일이고, 안 그래도 부서 확장 건 때문에 시끄러운데 외부에서 뭐라고 하는 건 좋지 않으니까 불문에 부치겠다는 말입니다."

몇몇은 안도를, 몇몇은 아쉬움을 표현했다.

"하지만 내부에서 심사를 통해 승진시키는 건 포기하겠습니다."

"허억!"

"심사도 하기 전에 이렇게 투서가 들어오는데 어떻게 승진시킵니까? 그냥 여러분들이 이야기해서 추천하세요."

"추천요?"

"그래요. 설마 자기가 투서까지 써 가며 고발한 사람을 추천하지는 않겠지요? 다만, 다음 주 월요일까지 추천이 없으면 모든 걸 백지화하겠습니다."

유민택은 선을 확실하게 그으면서 일어났다.

그리고 뒤도 돌아보지 않고 나가 버리는 유민택.

그가 나가고 나자 내부의 분위기는 싸늘하다 못해서 살벌해졌다.

"도대체 누가 투서 같은 짓을 한 겁니까?"

"도대체 정신이 있는 거예요, 없는 거예요?"

"아니, 다들 정말 이러기예요?"

방귀 뀐 놈이 화낸다고, 투서가 들어갔다는 말에 서로가 서로에게 화를 내기 시작했다.

"아니, 왜 나한테 그래요!"

그리고 투서했다고 의심받은 여자는 버럭 화를 냈다.

"내가 했다는 증거 있어요? 증거 있느냐고!"

"네가 아니면 누가 하는데?"

"뭐라고? 너? 너어?"

"그래, 너!"

"아니, 이년이 미쳤나?"

"뭐, 이년?"

"그래, 이년아!"

"이 개쌍년이!"

갑자기 서로에게 달려들어서 머리카락을 잡고 싸우기 시작하는 두 사람.

그걸 본 주변 사람들은 일단 그 두 사람을 말렸다.

"진정해요! 진정해!"

어떻게 해서든 그들을 진정시킨 손연난은 목소리를 높였다.

"일단은 우리가 추천해서 올려야 하니까 그 이야기부터 해 봅시다."

유민택의 말은 더 이상의 투서는 원치 않으니 어서 추천하라는 것이었다.

그러나 그게 하나의 씨앗이 되어 사방에 불화를 퍼트렸다.

"아까부터 당신이 뭐라고 자꾸 회의를 주도하려고 하죠?"

"뭐라고요?"

"안 그런가요? 당신이 우리 대표도 아닌데요?"

"맞아요."

"아니, 지금 그걸 말이라고 합니까?"

"전부터 당신이 마치 리더처럼 행동하는데."

"내가 리더가 맞잖아요?"

"누구 마음대로?"

"뭐요?"

"당신은 우리보다 고작 한두 달 빨리 입사한 것뿐이고, 엄밀하게 말하면 우리는 동일한 직급 아닌가요?"

손연난은 어이가 없다는 표정이 되었다.

그러니 이미 세력이 나뉘는 것을 모르지는 않았다.

이런 상황에서 밀리면 안 된다는 것을 알고 있는 손연난은 목소리를 높였다.

"아무래도 당신이 이번 사건의 주범인 모양이군요."

"뭐요?"

"아니라면 그렇게 열을 낼 이유가 있나요? 아무리 탐이 나도 그렇지, 그렇게 마음대로 투서 따위를 하면 안 되지요."

"아니, 왜 자기가 저지른 일을 나한테 뒤집어씌우는 거야!"

언성이 높아지는 사람들.

그 소리가 어찌나 높은지 바깥으로 전부 새어 나올 지경이었다.

밖에서 가만히 듣고 있던 손채림이 문득 피식, 웃었다.

"참 가지가지 한다."

⚖

결국 그들의 세력은 세 곳으로 나뉘어서 싸우기 시작했다.

물론 상무가 되는 사람은 한 명뿐이다.

하지만 상무가 생기면 그 아래에 부장이나 과장 같은 직급이 생기기 마련이니 그 자리들을 노리고 서로 싸우기 시작한 것이다.

상무가 인사권을 가지고 있으니까.

부장만 해도 월 500만 원 이상 받을 수 있는 자리다 보니 그들은 서로를 물어뜯으면서 싸웠다.

"하지만 손연난의 세력이 제일 큰 것 같네."

노형진은 계속 올라오는 보고서를 보면서 고개를 끄덕거렸다.

"아무래도 그렇겠지."

원래 손연난이 가장 초기에 들어온 사람 중 한 명이자 모든 일을 꾸민 사람이기도 하다. 그러니 내부 세력만 따지만 아마 그녀가 최고일 것이다.

"그러면 별일이 없으면 손연난이 추천되겠구먼."

"네. 그럴 겁니다."

유민택의 우려 섞인 말에 노형진은 고개를 끄덕거렸다.

"하지만 손연난은 극렬 남성 혐오 주의자잖아?"

조사와 투서에 따르면 손연난은 남자 직원이 성추행을 당해도 모른 척하는 건 기본이고 도리어 무고를 했다는 식으로 소문을 내서 그를 쫓아내는 일도 다반사였다.

심지어 자신에게 인사하지 않았다는 이유로 새로 들어온 여직원을 괴롭혀서 쫓아낸 일도 있을 만큼 그는 안하무인이었다.

"하지만 추천은 추천일 뿐이지요."

"추천은 추천일 뿐이라니?"

"현재 서열 2위는 이현아라는 이 여자입니다. 이 여자도 극렬 성차별 주의자지요. 원래 손연난이 데리고 온 사람이고요."

"음…… 그렇지."

"그리고 계파로 따지면 손연난 계파입니다. 아니, 그 계파였다고 보는 게 맞지요."

"어째서?"

"만일 진짜 동일 계파였다면 지금 손연난과 세력을 나눠서 싸우고 있을 리가 없지 않습니까?"

"아…….."

"도중에 사이가 틀어진 거죠."

이유가 뭔지 알 수는 없다.

하지만 이현아라는 여자는 어떤 이유로 손연난과 연을 끊었을 가능성이 높다.

그리고 자신만의 세력을 가지고 그녀와 대립하면서, 현재로서는 세력 2위를 차지하고 있다.

"맨 처음에 들어온 사람이 손연난입니다. 그리고 상당수 사람들은 그녀의 입김으로 들어온 거지요."

"그럴 걸세. 아무래도 여성운동을 하는 사람에 대해서 잘 모르니까 그녀의 추천이 상당히 영향을 주기는 했지."

유민택은 그때의 기억을 더듬어 가면서 말했다.

분명히 자신이 여성 단체에서 가장 먼저 추천받은 게 손연난이었고, 그 후에 사람을 뽑을 때 상당수 그녀의 추천을 믿고 받아들였다.

"그런데 지금은 그 세력이 나뉘었지요. 왜일까요?"

"글쎄……."

"사실 이유는 중요한 게 아닙니다. 중요한 건, 한때 손연난의 세력이었던 사람들이 어떤 이유에서인지 떨어져 나왔다는 거죠."

"흠……."

"반대로 말하면 손연난과 다른 두 세력은 사이가 나쁠 수밖에 없습니다."

손연난의 입장에서는 그들을 배신자라 생각하겠지만, 반대로 말하면 그들 내부에 문제가 있었다는 뜻이다.

"추천하라고 한 게 그래서였나? 드러나지 않는 파벌을 드러내기 위해서?"

"네."

투서 사건으로 일단 그들의 사이를 흔들고, 추천하라고 해서 그들의 갈등을 수면 위로 올린다.

그게 노형진이 짠 함정이었다.

"그들이 대립하지 않는다면 우리가 그들의 내부를 흔들 수는 없으니까요."

외부에서 그들을 흔들려고 했다면 그들은 똘똘 뭉쳐 저항하려고 했을 것이다.

하지만 외부에서 들어오는 한정된 이권.

그 이권은 그들의 내부를 뒤흔들기에 충분했다.

"정작 우리는 아무것도 하지 않았는데 말이지."

외부적으로 대룡은 여성 인권을 향상시키기 위해 노력하고 있다.

세상의 그 어떤 기업이 양성평등 관련 부서를 만들고 상무급 인사까지 배치하겠는가?

"물론 그로 인해 터지는 분란은 우리의 책임이 아니지요."

노형진은 싱글거리면서 말했다.

"그러면 이제 우리가 손연난을 상무로 하는 거야?"

"아니."

손채림은 가장 세력이 큰 손연난이 당연히 상무가 될 거라고 생각했다.

하지만 노형진은 고개를 흔들면서 부정했다.

"추천하라고 했지, 그걸 절대적으로 받아들인다고 하지는 않았어."

"뭐? 그러면?"

"우리의 상무는 이현아 이 사람이야."

"뭐? 하지만 그 사람은 세력이 약하잖아."

"알아."

노형진은 고개를 끄덕거렸다.

"그리고 그 때문에 자신들을 지킬 수 없지. 그리고 손연난의 입장에서는 이현아를 배신자로 생각하고 있어. 만일 그녀가 배신을 때린 것도 부족해서 자신의 이권까지 빼앗아 간다면, 손연난은 어떻게 대응할까?"

"혐오하겠군."

그녀의 행동 패턴을 분석하자면 그 결과는 단연코 혐오라고 단언할 수 있다.

합리적 의심이나 해결 방책 도출 노력이 아니라, 자신과 의견이 다르면 일단 혐오하는 것이다.

"그게 우리의 최종 목적이지, 후후후."

얼마 후, 이현아가 상무로 승진하는 파격적인 인사가 단행되었다.

회사 내부에서도 반대가 있었지만 유민택은 시대에 맞는 여성운동을 지원한다는 명목하에 이현아를 상무로 승진시켰다.

"축하드립니다, 이 상무님."

"고마워요, 호호호. 부장님도 축하드려요."

"부장이라니요."

이현아의 말에 아부를 떨던 여자는 얼굴이 환해졌다.

"아니, 왜요? 최 부장이라는 직함이 어울리지 않는다고 생각하세요?"

"아니에요. 잘 어울린다고 생각해요."

유민택은 상무에게 해당 부서의 발령 권한을 줬고, 당연히 이현아는 자신과 자신의 세력을 부장과 과장 등 주요 보직에 배당했다.

그리고 그건 다른 직원들의 분노를 샀다.

"어떻게 저럴 수가 있지요?"

"배신자 같으니라고."

회사 내부에서 최고의 자리를 차지하고 있던 손연난은 졸지에 평사원이 되었다.

그나마 대리 직함도 간신히 달고 있었다.

얼마 전까지만 해도 자신에게 꼬리를 말고 아양을 떨던 사람들이 자신보다 더 높은 직함을 가지게 되자 그녀는 분노로 부르르 떨었다.

"이 치욕을 언젠가는 그대로 돌려주겠어."

그녀는 그렇게 중얼거리면서 분노를 속으로 삼켰다.

'이제 네가 어쩔 건데?'

이현아는 분노에 떠는 손연난을 보면서 코웃음을 쳤다.

자신은 상무인 반면 저쪽은 고작 대리다.

직급 차이만 해도 어마어마하다.

뒤통수를 치고 싶어도, 이미 대세는 자신에게 기울었고 다들 자신에게 줄을 서기 바쁘다.

심지어 손연난의 세력 중 일부도 이제 와서 자신에게 아양을 떨고 있었다.

"여러분."

이현아는 웃으면서 품에서 뭔가를 꺼내 들었다.

"오늘은 우리 부서 첫날이니 같이 회식이나 하지요."

"회식요?"

"이 법인 카드로 말입니다."

"와!"

마치 승리의 보상인 것처럼 법인 카드를 높이 들고 외치는 그녀의 모습에 손연난은 입술을 지그시 깨무는 수밖에 없었다.

⚖️

얼마 후, 이현아는 자신에게 배정된 차량을 타고 출근했다.

"좋은 아침."

그녀는 들어오면서 인사하다가 움찔했다.

평소와는 다른 분위기가 회사 내부에서 감돌고 있었기 때문이다.

"사…… 상무님."

"응?"

사무실에 들어가자 건장한 사내들이 직원을 에워싸고 있었다.

"당신들 뭐야?"

"이현아 씨? 경찰입니다."

"경찰?"

그들은 신분증과 함께 종이 한 장을 그녀에게 내밀었다.

"수색영장과 체포 영장입니다. 같이 서로 가시지요."

"뭐?"

"다른 분들도 마찬가지입니다. 같이 서로 가 주셔야겠습니다."

"아니, 왜? 우리가 뭘 잘못했다고……."

다짜고짜 영장을 들이미는 경찰에게 이현아는 어떻게 해서든 저항하려고 했다.

하지만 그런다고 해서 경찰이 물러날 리 없었다.

"같이 조용히 가시든지 아니면 체포 영장에 따라서 강제로 구인되시든지, 결정하십시오."

"체포 영장이라니, 무슨 말도 안 되는 소리야! 이건 잘못된 거야!"

"잘못된 게 아닙니다. 우리는 고발이 들어온 대로 처리할 뿐입니다."

"고발?"

뭔가를 느낀 이현아는 고개를 획 돌렸다.

그리고 그제야 경찰이 데리고 가려고 잡아 두고 있는 사람들이 자신의 세력 사람이라는 것을 알 수가 있었다.

자신을 제외한 세력, 특히나 손연난의 세력은 좀 떨어진 곳에서 고소하다는 표정으로 이쪽을 바라보고 있었다.

"동행하시지요."

"이, 이, 이……."

이현아는 분노로 눈이 뒤집혔지만, 그렇다고 해서 경찰의 체포 영장을 거부할 수는 없었다.

"업무가 정지되었다고 하더군."

"애초에 하던 업무도 없었잖습니까?"

"그건 그렇지."

아직 체계가 잡히지 않은 성 평등 부서는 시작도 하기 전에 와해되어 버렸다.

상무를 비롯해서 부장, 과장 등 고위 임직원들이 모조리 체포되어 갔기 때문이다.

"아마 우리가 고발했을 거라고는 생각도 못 하겠지?"

유민택은 씩 웃으면서 말했다.

"그럼요. 애초에 우리는 투서를 무마하려고 했으니까요."

투서를 무마하고 추천받아서 그중 한 명을 뽑은 게 대룡이다.

그러니 외부적으로 보면 대룡이 고발할 이유는 없다.

이 상황에서 고발해 봐야 좋은 건 하나도 없으니까.

심지어 유민택은 다른 사람들의 반대를 무릅쓰고 성 평등 부서를 만들기까지 했다.

"더군다나 딱 이현아의 파벌만 고발이 들어갔으니까."

그들의 행동은 이미 오랜 조사와 투서를 통해 알고 있었다.

노형진은 그 안에서 딱 이현아의 파벌만 골라서 고발을 넣었는데, 워낙 심각한 사건이 많았던 탓에 체포 영장이 발부된 것이다.

"아마도 이현아의 입장에서는 손연난이 고발했다고 생각할 겁니다."

"누가 봐도 그런 상황이겠지."

당장 대룡은 당황해서 회사 변호인을 보내는 등 허둥지둥하고 있으니 말이다.

"그러면 이현아가 과연 어떻게 행동할까요?"

아마도 복수한답시고 손연난 파벌이 벌였던 일을 낱낱이 까발릴 것이다.

"자연스럽게 정리되겠군."

다른 파벌이 하나 남아 있기는 하지만 애초에 세력 자체도 작거니와 이 와중에 주변에서 욕을 바가지로 먹을 테니 기도 펴지 못할 것이다.

"우리는 공식적으로는 이 사건에서 한 게 없지요, 후후후."

직접 고발했다면 모를까, 두 파벌이 서로 치고받고 해 버리는 상황에서 기업만 피해를 입은 꼴이기 때문에 아마도 대룡에 대한 공격은 없을 것이다.

이미 언론에서도 대룡은 좋은 일을 하려다가 뒤통수 맞은 이미지로 비치고 있었다.

"그러면 이제 내가 기자회견만 하면 되는 거군."

"네."

자신의 실수를 인정하고 기자회견을 한 다음에 문제가 된 성 평등 부서를 없애는 것은 어렵지 않은 일이다.

"그 후에는 제대로 된 감찰부를 만들어야지요."

"그래야지. 안 그래도 다 이야기해 놨네. 이번에는 양쪽의 이야기를 공정하게 들을 수 있도록 남녀 비율을 맞추고 감수할 변호사를 고용하라고."

"잘하셨습니다. 실수한 건 인정하고 고치는 게 정답이지요."

이번 사건으로 아마도 회사 내부에서 성차별적 발언을 하던 사람들은 남자든 여자든 모두 해직될 것이다.

"하지만 방심하지 마셔야 합니다. 세상에 완벽한 건 없습니다. 끊임없이 조사하고 고쳐 가야만 합니다. 실제로 여성 혐오 주의자도 있고, 반대로 남성 혐오 주의자도 있습니다. 그런 녀석들이 다시 감찰부에 들어가면 아마 또다시 전쟁이 날 겁니다."

"말도 말게나. 생각만 해도 끔찍하니까."

지금도 이렇게 시끄러운데 두 혐오 주의자들이 대대적으로 회사 내부에서 부딪친다는 생각을 하자 유민택은 절로 온몸이 부르르 떨렸다.

"그런 일은 걱정하지 말게. 두 번은 안 당하니까."

"그렇게 생각하시면 다행이구요."

"그래. 그리고 회장인 내가 나가서 사과까지 하는데 아래에서도 잘하겠지."

유민택은 쓸쓸하게 말하면서 자리에서 일어났다.

"더 있으면 기자들이 욕하겠구먼, 하하하."

"아마 웃으면서 사과하러 가는 분은 회장님뿐일 겁니다."

"이런 사과라면 몇 번이라도 할 수 있네, 하하하."

내부 고발자

"팔각수가 타격이 큰 것 같더군요."

아무도 없는 회의실.

대부분의 직원들이 퇴근한 새론의 사무실에서 노형진과 다른 사람들은 심각한 표정으로 회의하고 있었다.

"그렇겠지요."

최재철과 팔각수.

노형진이 보이지 않는 전쟁을 하는 곳.

그들을 제거하기 위해 노형진은 뒤에서 조용히 전쟁을 지휘하고 있었다.

그리고 지난번 방사능 사건 이후에 팔각수는 심각한 타격을 입었다.

"애초에 체급이 다른 기업들과 달랐으니까."

한국에 수많은 건설 업체가 있지만 팔각수는 큰 기업은 아니다.

하지만 최재철의 지원을 받아서 대형 건축 사업에 참여할 수 있었고, 그 덕분에 적지 않은 수익을 내고 있었다.

'우리가 방사능 사건을 터트리기 전에는 말이지.'

팔각수에서 만든 아파트와 강의 보에서 방사능이 나온다는 말이 터져 나온 이후에, 그걸 철거하는 동안에도 제대로 된 방사능 차단을 하지 않았다는 점을 적발되자 그걸 무마하는 데 들어간 돈이 어마어마했다.

그 탓에 원래 다른 업체들보다 체구가 작았던 팔각수는 다른 기업과 다르게 감당할 능력 또한 되지 않아 내부에서 격하게 흔들리고 있었다.

"그 정도면 대형 건설사도 타격이 클 텐데 말이지."

김성식 역시 진중한 표정으로 말했다.

"그 망할 놈들이 언제 망할지 속이 터지는군."

"김 변호사님이 가지고 온 정보대로라면 쉽게 망하지는 않을 겁니다."

"그렇겠지요."

송정한이 김성식이 가지고 온 정보를 언급하자 김성식은 고개를 끄덕거렸다.

"나라가 망해도 돈이 우선인 놈들이 있기 마련이니까요.

제가 중수부에만 있었어도 다 털어 냈을 텐데."

"그랬으면 좋겠지만요."

김성식이 가지고 온 정보는 생각보다 중요한 것이었다.

최재철이 압력을 넣어서 팔각수에 대출을 알선하고 있다는 것.

"한두 푼도 아니고 수천억이 그렇게 쉽게 나갈 줄이야, 허허."

송정한은 어이가 없다는 듯 말했다.

사실 지금 팔각수의 상황을 보면 대출해 줘서는 안 된다.

기업이 부실해졌고 적자가 커서, 막말로 언제 망해도 이상할 게 없는 상황이니까.

"그러니까 기업들이 방만 경영을 하지요. 대충 하다가 손해 봐도 로비하면 대출 나오고, 그걸로 까먹다가 정 안되겠다 싶으면 정부 지원 자금 요청하면 그만이니."

"끄응…… 부정하지 못하겠군."

"이래 놓고 정부가 한 말이 뭐? 샴페인을 일찍 터트려?"

피식 웃는 송정한.

"IMF 때 말씀하시는군요."

"그래. 그때 정부와 언론에서 그렇게 난리를 쳤지."

물론 그 당시 소비문화가 사회 전반에 널리 퍼져 있긴 했다. 하지만 주원인은 그게 아니었다.

"애초에 대부분의 사람들이 월급으로 살아간다는 걸 통째로 무시하더군."

"그렇겠지요."

즉, 기업이 적절한 대가를 지급했다면 가계가 그렇게 무너질 일은 없었다는 뜻이다.

하지만 기업들이 방만 경영으로 월급을 주지 않아 가계가 흔들리게 된 것은 철저하게 감춘 채로, 모든 책임을 돈을 쓴 국민들에게만 돌리려고 했다.

그래서 그때 했던 말이 바로 우리나라가 샴페인을 너무 일찍 터트렸다는 것이었다.

"그놈의 샴페인은 나라가 망해도 터트리지 말라고 할 겁니다."

노형진은 피식 웃으면서 말했다.

"하지만 지금 중요한 건 그게 아니지요. 지금은 저놈들의 자금줄을 말리는 게 시급합니다."

최재철과 팔각수는 일종의 상호 보완체 같은 관계다.

최재철은 권력을, 팔각수는 자금을 관리하는 것이다.

"아무리 서로 멀어졌다고 하지만 과거를 공유하는 이상 그들은 서로 떨어질 수 없을 걸세."

"그러니까요. 그러니 지금이 중요한 겁니다."

팔각수의 자금이 부족해서 대출을 받아야 하는 지금, 그 자금줄을 막을 수만 있다면 팔각수 자체를 뒤흔들 수 있다.

"자네 힘으로 어떻게 안 되겠나?"

송정한은 노형진을 바로 보면서 물었다.

변호사 노형진이 아닌, 미다스라 불리는 노형진의 이면.

하지만 노형진은 고개를 흔들었다.

"무리입니다."

물론 자신이 운영하는 자산이 적지는 않다.

그러니 그걸 투입해서 싸움을 걸면 흔들 수는 있겠지만, 그 대신 자신이 드러나게 된다.

"아차 하면 제가 드러날 수도 있습니다."

"음……."

지금 정부에서 미다스를 그냥 두는 이유는 하나뿐이다.

그게 일종의 CIA의 자금을 담당하는 기업이라 생각하고 있기 때문이다.

그런데 갑자기 자국 내 정치인과 기업에 적대적으로 파고들기 시작한다면 그걸 캐물으려고 할 건 뻔한 일.

"그러면 우리가 드러나겠군."

"네."

물론 노형진이야 해외로 뜨면 그만이지만, 최재철의 성격을 봐서는 그 공격 대상에는 노형진뿐만 아니라 새론 그리고 그곳에 있는 모든 사람이 포함될 것이다.

"그리고 그렇게 되면 저는 그들을 지키기 위해 필요 이상으로 돈을 써야 하겠지요."

"그게 문제로군."

뒷조사를 해서 사람의 인생을 망치는 것은 최재철에게 어려운 일이 아니다.

하지만 그걸 막기 위해서는 더 많은 돈과 더 많은 노력이 필요하다.

열 사람이 도둑 하나를 막지 못하는 법이니까.

"티가 나지 않게 조금씩 조일 수는 있겠지만 치명적인 타격을 줄 수는 없을 겁니다."

"후우."

노형진의 말에 다들 곤란한 표정을 지었다.

"지금 대출을 얼마나 받아 갔지?"

"벌써 5천억을 받아 갔다고 합니다. 추가로 3천억을 대출해 준다고 하고요."

"으음……."

이미 받아 간 건 어쩔 수 없다지만 추가 자금은 막아야 한다.

"좋은 방법이 없을까?"

아무리 새론이 규모가 커도 은행에 압력을 가할 정도는 아니다.

그렇다고 아무것도 모르는 유민택과 대룡을 끼어들게 할 수도 없다.

"내부에서 뒤흔들 방법이 있어야 하는데……."

회의는 상당히 오래 진행되었다. 하지만 별 뾰족한 방법이 없었다.

"권력을 적으로 돌리니 이만저만 힘든 게 아니군."

"그러니까요."

그들이 그렇게 한참을 고민하는 그때, 무태식이 조용히 입을 열었다.

"혹시 내부에서 누가 고발하게 하면 안 될까요?"

"내부 고발요?"

"네. 우리가 적절한 보상만 준다고 하면 내부에서 누군가 입을 열 것 같기도 한데."

"전이라면 확실히 가능하기는 했겠지. 하지만 이번에는 무리라고 생각하네."

김성식은 그런 무태식의 계획에 부정적인 의견을 냈다.

"어째서요?"

"내가 중수부에 있으면서 내부 고발을 한두 번 봤을 것 같나? 하지만 내부 고발이 이루어져도 대부분 흐지부지돼. 내부 고발자를 잘라 버리고 계속 진행하거든."

"하지만 언론에 터트리면……."

"언론이 누구 편인지 잊은 건가?"

"아……."

무태식은 자신의 계획의 가장 큰 문제가 뭔지 알아차렸다.

내부 고발을 해서 이슈를 타면 막을 수 있을지도 모르지만, 이슈 타는 것 자체가 불가능하다.

"음…… 내부 고발은 불가능하다라……."

무태식은 머리를 북북 긁었다.

"그러면 마땅한 방법이 없어 보이네요."

"그렇지?"

상대방이 워낙 거대하다 보니 이건 뭘 해도 답이 없어 보인다.

노형진은 그 말을 듣다가 문득 생각나는 것이 있었다.

"그러고 보니 김 변호사님, 얼마 전에 내부 고발 사건 하나 해결하셨지요?"

"아, 그 사건 말인가?"

정부에서 어떤 물건을 샀는데 성능 미달의 물건이 공급되었던 사건.

워낙 성능이 부족해서 담당자가 반려시켜 버렸는데 갑자기 성능 조건이 완화되어 결과적으로 구입하게 되었던 사건이 있었다.

문제는 그 완화의 정도가 너무 심하다는 것.

원래도 그다지 높은 성능을 요구하는 것도 아니었는데 기술 수준이 90년대 초반 수준으로 떨어지자 담당자가 그걸 고발했다.

"그거 어떻게 되었나요?"

"그거야 복직했지."

담당자는 그걸 보고 뭐가 있음을 알아채고는 그에 대해 고발했다.

심지어 그것보다 성능이 더 좋은 물건이 더 싸게 나왔는데 그건 터무니없는 이유로 반려되었던 것이다.

그런데 그걸 고발하자 말도 안 되는 이유로 해직되었다.

김성식은 그 사건을 담당하여 복직 소송을 했고, 그 결과 복직을 할 수는 있었다.

물론 내부에서 괴롭힌다면 그거야 어쩔 수 없지만.

"흠……."

노형진은 침묵을 지켰다.

"왜 그러나?"

"아니, 뭐든 실마리가 잡힐 것 같아서요."

"실마리?"

"……."

하지만 말이 없는 노형진.

다른 사람들은 그걸 보고 피식 웃었다.

전에도 이런 경우가 있었다. 그리고 그럴 때마다 노형진은 확실하게 해결책을 만들어 냈다.

"잠깐 점심이나 먹고 올까요?"

"그러지요."

그렇게 점심을 먹고 커피까지 한 잔씩 하고 돌아와 다시 자리에 앉은 사람들.

그제야 생각이 정리됐는지 노형진은 고개를 들었다.

"그러면 그 이후에 다른 건 조사하셨나요?"

"뭘 말인가?"

김성식을 바라보면서 묻는 노형진.

흐름이 끊어졌던 김성식은 어리둥절해서 되물을 수밖에 없었다.

"그가 왜 해직되었는지 말입니다."

"그거야…… 모르지."

"역시나 그렇군요."

노형진은 씩 웃었다.

그리고 미소 띤 얼굴 그대로 말했다.

"방법이 보입니다."

"오! 역시나!"

"그 전에 점심이나 먹고 오죠. 배고프네요."

꼬르륵 소리가 나는 배를 잡고 씩 웃는 노형진.

"우리는 먹었는데."

"네? 어느 틈에요?"

노형진은 당황하면서 시계를 바라보다가 허망하게 웃었다.

"한 번 놓친 점심은 안 오는 법이라네, 하하하하."

"끄응…….."

그런 노형진을 보고 송정한은 크게 웃었다.

"대상을 바꿔 보는 건 어떨까 합니다."

노형진이 간단하게 밥을 먹고 난 후에 다시 시작된 회의.

노형진이 한 말에 다들 고개를 갸웃했다.

"그게 무슨 말인가, 대상을 바꾸다니?"

"저도 공익 제보자 사건을 여러 번 했지요. 그리고 다른 사람들이 한 사건도 많이 봤고요."

"그렇지."

흔한 사건이 아니기는 하지만 세상에는 양심적인 사람이 있기 마련이다.

그런 사람들은 양심을 지켰다는 이유로 보복을 당한다.

"그런데 그 기록을 곰곰이 생각해 보다 보니 우리가 잊고 있는 법이 있더군요."

"우리가 잊고 있는 법?"

"공익신고자보호법."

다들 고개를 갸웃했다.

"그런 법이 있던가?"

"작년에 생긴 법입니다."

"아아…… 기억나네. 작년 말쯤에 시행한다는 것 같았는데, 맞지?"

"네."

"하긴, 새로 생긴 법이니 대부분이 잘 모를 걸세."

변호사라고 해서 다 아는 건 아니다.

새로운 법이 계속 생겨나고, 그 법도 개정되곤 하니까.

특히 생긴 지 얼마 되지 않은 법은 따로 찾아보기 전에는 모르는 경우가 많다.

"공익 신고자를 보호하기 위해 만든 법이지요."

대부분의 내부 고발자, 즉 공익 신고자들은 100% 해직 당한다.

그래서 지금까지는 회사의 횡포에도 저항할 방법이 없었다.

하지만 이제는 아니다. 그 법을 적절하게 활용하면 저항할 수 있다.

"하지만 대부분은 그 법을 모르다 보니까 저항하지 못하는 거죠."

"그 법으로 싸울 수 있다고?"

"네. 아마 대부분의 기업들도 그 법에 대해 신경 쓰지 않고 있을 겁니다. 생긴 지 얼마 되지도 않았으니까요. 일단 당해 본 적이 없으니 대부분 전처럼 편하게 사람들을 괴롭히면서 해직시키겠지요."

"그 법으로 어떻게 싸운다는 건가?"

송정한은 고개를 갸웃하면서 물었다.

"공익신고자보호법에 따르면 신고한 사람들에게는 어떠한

인사상의 불이익도 줘서는 안 됩니다. 그런데 그 불이익과 관련해서 싸운 적이 있나요?"

"으음……."

김성식은 고개를 갸웃했다.

그러다가 노형진이 뭘 말하는지 알아차렸다.

"없군."

"네, 없습니다."

단순히 해직했다가 복직하는 게 문제가 아니다.

복직을 해도 터무니없는 업무에 발령을 보내거나 책상만 주고 담벼락을 보고 있게 하거나 하는 식으로 집요하게 괴롭히면서 나가도록 만드는 게 현실이다.

"과거에는 모르지만 이제는 명백하게 불법이지요."

"음……."

"하지만 그에 대해 싸운 사람이 없는 것 같더군요."

"그렇군……. 없지."

송정한도 고개를 끄덕거리면서 인정했다.

대부분의 변호사들은 의뢰를 맡아도 딱 복직까지만 신경 쓴다. 새론도 그랬고.

"하지만 생각해 보면 그것도 명백하게 공익신고자보호법 위반이거든요."

"그렇지."

"그리고 결정적으로 공익 신고자 대부분은 익명으로 하지요. 안 그런가요?"

"맞네."

사람들이 바보도 아니고, 신고하는 순간 피해가 돌아올 걸 뻔히 알면서 대놓고 실명으로 신고하는 경우는 드물다.

설사 그렇다고 해도 법적으로 정부에서는 그 내부 고발자의 신원을 익명으로 처리해서 그를 보호해야 하는 책임이 있다.

"그런데 100% 드러나지요. 그 점은 이상하게 생각하지 않으셨나요?"

"그 부분은 너무 뻔해서 문제 삼지도 못했군."

누군가 내부에서 회사에 알려 주는 것이다.

그리고 워낙 당연하게 일어나는 일이라 다들 신경도 쓰지 않았다.

'전에 M 버스 사건이 있었지.'

'M 버스'는 광역 버스다. 기본적으로 좌석 버스이고, 입석은 그 당시에 허용되지 않았다.

그렇지만 버스 회사는 수익을 이유로 그러한 규정을 무시하고 무조건 입석을 받았다.

문제는 그걸 보고 누군가 신고했다는 것.

그리고 다음 날, 그 지역의 버스마다 어디 사는 누구 씨의 신고 덕분에 입석이 금지되었다고 떡하니 붙이고 다녔다.

입석이 금지되면서 출퇴근이 힘들어진 사람들의 불만을

이것이법이다

다른 곳으로 돌리기 위한 버스 회사의 꼼수였다.

'우리나라 고발자의 현실을 보여 주는 사건이었지.'

명백하게 익명으로 신고했다.

그런데 신고한 메일을 추적해서 개인 정보를 버스 회사에 준 것이다.

"음……."

"우리도 그 생각은 못 했는데."

다들 노형진의 말에 고개를 끄덕거렸다.

해직 후에 복직하고 나면 전혀 상관없는 사건이 되어 버리기 때문이다.

"그런데 그걸 가지고 어떻게 할 수가 있나? 엄밀하게 말하면 관련이 없는 거 아닌가?"

송정한은 고개를 갸웃했다.

내부 고발과 팔각수의 대출은 전혀 상관없는 일이 아닌가?

"상관이 있지요."

"왜?"

"보복에 대한 보복을 할 테니까요."

"보복에 대한 보복?"

"과연 관련자들이, 그냥 바로 윗선에서 알아서 한 걸까요?"

"아하!"

그런 일을 하려면 최소한 이사진급 이상의 보복 명령이 있어야 한다. 그런 것 없이는 애초에 이루어질 수가 없는 일이다.

대부분의 경우에는 사장급에서 명령이 떨어질 테고.

"공익신고자보호법 30조와 31조. 이건 명백하게 존재하는 법이지만 사실상 적용되지 않고 있지요. 왜냐하면 고발하는 경우는 드무니까요."

"음……."

"그걸 적극적으로 사용하는 겁니다."

공익신고자보호법 30조와 31조는 벌칙 조항이다.

30조에 따르면 공익 제보자에게 불이익을 주면 3년 이하 징역, 3천만 원 이하의 벌금을 내도록 되어 있다.

그리고 31조는 관련 조사에 불응하면 과태료를 내는 규정인데, 3천만 원 이하 과태료를 부과하게 되어 있다.

무서운 것은 벌금과 과태료는 전혀 다른 거라 두 가지 조항이 동시에 걸릴 수도 있다는 것.

그래서 재수가 없으면 동시에 6천만 원의 벌금을 낼 수도 있다.

"아래에서부터 영혼을 털면서 올라가는 거죠."

"호오?"

그렇게 된다면 결국 상부가 걸릴 수밖에 없다.

"거기에 따른 손해배상은 따로고요."

"제대로 내부 고발 한번 하면 아주 땡잡겠는데?"

송정한은 노형진이 노리는 게 뭔지 알고는 탄성을 질렀다.

"결국 회사는 계급사회니까요."

가령 대리가 내부 고발을 하면 그 위에 있는 주임이 불이익을 주는 걸 실행하고, 그걸 명령한 것은 과장일 테고, 그 과장에게 명령을 내린 것은 부장일 것이다. 당연히 그 부장에게 그 명령을 내린 것은 이사일 테고.

"역으로 숨통을 끊어 버리자 이거군."

"정확합니다."

그렇게 된다면 고발하면서 그들에게 정신적 압박을 가할 수 있게 될 것이다.

"그럴수록 윗선의 비리는 드러날 테고."

"경찰이 보복만 조사할 리 없으니까요."

결국 자신의 비리를 감추기 위해 괴롭히는 행동을 그만둘 수밖에 없어 내부 고발이 안정적으로 진행될 수 있게 된다.

"내부 고발이 진행되면 팔각수 같은 곳에 부정하게 대출해 주는 것에는 한계가 있겠군."

"그럼요."

그걸 실행해야 하는 사람들이 진행하려고 하지 않을 테니까.

"좋은 생각이군."

송정한은 씩 웃으면서 말했다.

"그렇지만 이제 와서 내부 고발자를 구하는 건 어려운 거 아닌가?"

"바꿔서 생각하면 됩니다."

"바꿔서 생각하자고?"

"이미 찍혀 있는 사람을 내부 고발자로 구하면 됩니다. 그가 막대한 돈을 벌고 회사에서도 저항하지 못한다는 걸 안다면, 과연 다른 사람들은 무슨 생각을 할까요?"

다들 씨익 미소를 지었다.

⚖

"이 사람이 적당할 것 같아."

얼마 후, 손채림은 노형진의 부탁을 받아서 적당한 후보를 골라 왔다.

"한상은행의 도한영 과장."

"이 사람이 적당하다고?"

"그래. 현재 5천억의 팔각수 대출금 중에서 2,500억을 한상은행에서 빌려준 거야. 팔각수의 주거래은행이기도 하고, 남은 3천억의 대출금 중에서도 한상은행에 2천억을 신청한 상태야."

"흠."

즉, 그곳이 거부하면 다른 곳들 역시 자연스럽게 거부한다는 소리다.

주거래은행에서 거부당했다는 것은 심각한 문제가 있다는 뜻이기 때문이다.

"그래서 이 사람이 무슨 잘못을 했는데?"

"담보물에 대한 의심을 품었거든."

"담보?"

"그래."

도한영은 대출 담당 과장이었다.

그녀는 서류를 확인하던 중 팔각수에서 담보로 제시한 땅에 매겨진 가치가 이상하다는 사실을 알아차렸다.

"그 땅의 가치는 아무리 높게 봐도 고작해야 500억 이하야."

"그런데?"

"회사에서 보고가 올라갈 때는 무려 1,200억이라는 가치가 측정되었어."

순식간에 두 배가 넘는 가치가 측정된 것이다.

이건 말도 안 되는 소리이기 때문에 그녀는 이걸 파고들었다.

"그러다가 경고를 받았지, 건드리지 말라고."

"그 경고를 무시한 거군."

"그래."

그녀는 그걸 조사하다가 결국 비리가 있다고 생각하고 고발했다.

"그랬다가 해직당한 거야?"

"그래. 그 후에 다른 변호사를 통해서 복직 소송을 했어."

"흠…….."

새론에 맡긴 게 아니라서 아쉽기는 하지만, 그래도 상관없기는 하다.

"그래서? 복직 이후에는?"

"지금은 면벽 수행 중."

"면벽 수행?"

"응."

"고전적이면서도 치사한 수법이네."

"그렇지?"

면벽 수행이란 어디다가 처박아 두고 일거리도 주지 않는 방법이다.

보이는 것은 벽뿐인지라 '면벽 수행'이라고 부르는 것이다.

"그거 의외로 치사하지."

모르는 사람들은 그러면 그냥 다른 거 하면 되지 않느냐고 말하지만, 여기서 치사한 게 뭐냐면 감시자가 붙는다는 거다.

책을 읽는 것도, 핸드폰을 보는 것도, 화장실에 가는 것도 업무 태만이라고 한다.

그리고 그 증거들을 모아서 업무 태만으로 해직시켜 버린다.

그러니 당사자는 자리를 지키기 위해서는 이를 악물고 하루 종일 모멸감을 버티면서 벽만 바라봐야 하는 것이다.

"치사한 새끼들이지."

인간의 바닥을 치게 만드는 행동이지만 대부분의 내부 고발자들이 복직 이후에 겪는 일이며, 다시 해직당하거나 스스로 그만두는 가장 큰 이유이기도 했다.

"현재 그렇게 4개월째 혼자 싸우고 있어."

"대단하다."

보통 그 정도면 모멸감을 참지 못하고 그만두는데 벌써 4개월이라니.

"여자지만 대단한 강단이야."

"하긴, 그런 사람이니까 당당하게 내부 고발을 했겠지."

노형진은 그녀가 마음에 들었다.

이런 사람이라면 자신들이 하는 일에 적극적으로 참여할 것이라 생각이 들었다.

"그러면 우리가 가서 이야기를 한번 해 보자고, 후후후."

⚖

"후우……."

도한영은 한숨을 푹 쉬면서 퇴근하고 있었다.

오늘도 간신히 버텼다는 느낌.

그리고 그런 자신에게 쏟아지는 수많은 시선들.

'그만둘까?'

불쌍하다는 시선부터 독한 년이라는 시선까지.

다들 자신과 거리를 둔다.

회사에서 찍혔기 때문이다.

'아니야…… . 이대로 물러날 수는 없어. 내가 잘못한 게 없는데 왜 물러나?'

그녀는 스스로 뺨을 두들기면서 독하게 마음먹었다.

자신의 잘못이 아니다. 그런 식으로 대출해 주고 문제가 생기면 회사의 손해다.

문제는 회사가 그 손해를 보충하기 위해서는 고객들을 쥐어짜야 한다는 것.

직원이자 회사의 고객인 그녀는 절대로 그들의 비리를 인정할 수 없었다.

'버티자. 이 악물고 버티는 거야.'

그녀는 내일을 다시 버티려고 스스로 다독거리면서 발걸음을 서둘렀다.

그러다가 뒤에서 자신을 부르는 소리에 고개를 돌렸다.

"도한영 과장님! 헉헉헉."

"누구세요?"

웬 낯선 사람이 헉헉거리면서 따라왔다.

"걸음이 빠르시네요. 헉헉헉······."

"누구세요?"

"몇 번이나 불렀는데, 헉헉······. 아······ 일단 소개 좀······. 전 이런 사람입니다."

노형진은 자신의 명함을 그녀에게 건넸다.

도한영은 그걸 보고 고개를 갸웃했다.

"변호사?"

"네."

"아니, 왜요? 회사에서 나한테 소송이라도 한대요?"

"그런 게 아닙니다, 헉헉······. 잠깐 숨 좀 돌리고······ 후우······."

한참 숨을 돌린 노형진은 그제야 헐레벌떡 뛰어온 손채림을 보고 피식 웃었다.

"운동 좀 해라."

"네가 할 말은 아니다, 헉헉."

"저기요."

"아, 죄송합니다, 하하하."

노형진은 도한영이 부르자 아차 싶어 웃으면서 몸을 돌렸다.

"사실은 도 과장님을 도와드리고 싶어서요."

"저를?"

"네. 회사에서 고통받고 계시지요?"

그녀는 눈을 찌푸렸다.

이게 무슨 속셈인가 하는 생각이 들었던 것이다.

그런 그녀의 눈빛을 알아챈 노형진은 두 손을 흔들었다.

"무슨 속셈이 있는 게 아닙니다. 사실은 우리가 이번에 공익 제보자를 위한 변론을 개시해서요."

"공익 제보자를 위한 변론?"

"네."

"무슨 소리죠?"

"말 그대로입니다. 복직 후에도 고통받고 있는 분들을 도와드리려고 하는 거지요."

"그게 소송거리가 되나요?"

"되지요, 충분히."

노형진은 미소를 지으면서 말했다.

"괜찮으시면 잠깐 이야기를 나눠도 될까요?"

"음……."

도한영은 잠깐 고민하다가 고개를 돌려서 근처에 있는 커피숍을 바라보았다.

"저곳에서라도 괜찮다면요."

"저는 상관없습니다."

노형진은 고개를 끄덕거렸고, 잠시 후 그들은 커피숍에서 예상과 다르게 상당한 시간을 보내게 되었다.

처음에 간략하게 시작된 설명에 그녀가 관심을 보였기 때문이다.

"그런 게 가능한가요?"

"대부분 신경을 쓰지 않을 뿐이지, 불가능한 건 아닙니다."

"왜 다들 신경을 쓰지 않죠?"

"사실상 이렇게 파고든다는 건 기업이랑 싸우자는 거거든요."

"흠……."

"거기에다 이건 엄밀하게 말하면 형법에 가까운 쪽이라서요."

"그 말은?"

"변호사에게 돈이 되지 않는다는 거죠."

의뢰를 받아서 공방을 하는 게 아니라 그냥 고발하면 자연스럽게 굴러가는 시스템이기 때문에 변호사가 나설 게 없다.

그러니 수입료가 터무니없이 낮다.

그러면서도 이렇게까지 한다면 기업에 싸움을 거는 것이 되기 때문에 일은 엄청나게 많아진다.

"그랬나요? 어쩐지……."

"전에 했던 변호사에게서 이런 설명은 못 들으셨지요?"

"네."

복직이 가능하다는 소리만 듣고 소송해서 복직했을 뿐이

다.

그런데 그 이후에 벌어진 일에 대해 도움을 요청했을 때, 그 사람은 자신이 해 줄 수 있는 것이 없다는 말만 했다.

"이러다가 또 해직당하는 거 아닌가요?"

"어차피 저쪽은 도한영 과장님을 해직하려고 덤비는 것 같은데요."

"부정하진 못하겠네요."

애초에 고발한 그 순간부터 자신을 자르려고 덤빈 것은 확정적이다.

"하지만 전 퇴직할 생각이 없는데요."

"압니다. 퇴직할 생각이 있다면 벌써 하셨겠지요. 그렇지만 이렇게 함으로써 최소한 저쪽에서 도한영 과장님을 괴롭히는 걸 막을 수 있습니다. 그리고 적지 않은 보너스를 얻을 수도 있지요."

아무리 선한 마음을 가지고 있는 사람이라고 해도 보너스라는 말에 그녀는 흔들릴 수밖에 없었다.

어찌 되었건 현대는 자본주의사회니까.

"하지만 동료가……."

"감시하고 보고하는 사람들이 동료라고 생각하십니까?"

"……."

"이야기 들었습니다. 화장실에 갔다는 이유로 질책을 받았다면서요?"

아무것도 시키지 않는다. 그러면서 아무것도 하지 못하게 한다.

"명백한 괴롭힘입니다. 그걸 그만두게 할 수 있는 방법이 있고요."

"……."

"물론 부담스러운 것도 압니다. 하지만 이렇게 얼마나 버틸 수 있을까요? 1년? 2년?"

"……."

"만약 그만둔다면, 그 후에도 커리어를 유지할 수 있을까요?"

"없겠지요."

자신이 내부 고발한 건 다 소문이 났다.

그러니 비슷한 곳에서는 절대로 받아 주지 않을 것이다.

그러면 다른 아줌마들이 하는 것처럼 식당 같은 곳에 나가야 할 것이다.

"원하시는 대로 하면 됩니다. 하지만 그냥 당하시는 것보다는 제대로 한 방 먹이는 게 어떨까 하는 거죠. 어차피 당하기만 하시잖습니까?"

"하지만 회사에서 그냥 놔두지 않을 텐데요."

"그러니까 저항해야지요."

"저항한 사람은 저뿐만이 아니에요."

도한영은 걱정스럽게 고개를 흔들었다.

은행은 돈이 도는 곳이고, 대출은 기업의 생명 줄이나 마찬가지다.

그러니 온갖 비리가 판을 치고, 당연히 일부 양심적인 사람은 내부 고발을 한다.

하지만 언제나 실패했다.

대부분 회사 내부 감찰실에 고발했고, 회사는 그걸 조사하는 대신에 고발자를 자르는 방식으로 사건을 덮어 버렸으니까.

"더군다나 회사에는 대응책이 있어요."

"대응책?"

"네. 애초에 회사 내부에 이런 걸 전담하는 사람들도 있고요."

"그런 사람들이 있다고요?"

"네."

도한영의 말은 노형진도 예상하지 못한 부분이었다.

전담하는 사람들이라니?

'아니지…… 없을 리 없지. 없는 게 도리어 이상한가?'

대기업 내부에는 중소기업을 망하게 하고 그 지식재산권, 그러니까 특허를 빼앗아 오는 커리큘럼이 있다.

그런 짓거리까지 하는 놈들인데 직원을 쫓아내는 커리큘럼이라고 마련해 두지 않을까?

"확실한가요?"

"공식적으로는 소문일 뿐이지만요."

"하지만 비공식적으로는 아니군요."

"네. 그런 일이 여러 번 있었으니까요."

집요하게 괴롭히는 사람들이 존재한다.

심지어 집 바깥에서도 자신을 따라다니는 인간들이 있는 걸 뻔하게 안다.

그건 전담 직원이 없다면 불가능한 일이다.

"누군지도 대충은 알고요."

"음……."

아주 체계적으로 한다는 뜻이다.

그렇다면 한두 번 해 본 것도 아니라는 뜻이고.

"그래서 제가 외부에 이야기한 거예요. 소용은 없었지만."

혹시나 자신에게 돌아올 불이익을 막기 위해 감사원에 말했지만, 감사원에서는 대놓고 자신의 신분을 추적해서 회사에 까발렸다.

그리고 자신에게 선배 고발자들이 했던 일이 똑같이 벌어지고 있다.

"그러면 사실상 도망갈 방법은 없는 거네요."

"그건 그렇지요."

도한영은 한숨을 쉬면서 말했다.

사실 이를 악물고 버티려고 하지만 얼마나 버틸 수 있을지는 미지수다.

다른 선배들 역시 마찬가지였고, 결국 다들 나갔다.

"그러면 거리낌 없이 싸울 수 있지 않나요?"

"거리낌 없이?"

"네. 이래도 모든 걸 다 잃어버리고 저래도 모든 걸 다 잃어버린다면, 그냥 한번 들이받아 보는 것도 나쁘지 않을 것 같은데요."

"그런가요?"

"네. 어차피 당하기만 할 거라면 차라리 저항하는 게 더 나은 선택 아닌가요?"

잠깐 고민하던 도한영은 마음을 굳혔다.

어차피 자신이 뭘 하든 저쪽은 자신을 쫓아내려고 덤빌 테고, 바뀌는 것은 없다.

그렇다면 적극적으로 반격하는 게 답일 수도 있다.

"제가 하지요. 그러면 어떻게 해야 하나요?"

"일단은 함정을 파야지요."

노형진은 씩 웃으면서 가방에서 뭔가를 꺼냈다.

"사용법을 알려 드리겠습니다."

"미리 준비한 겁니까?"

"네. 받아들이실 테니까요."

도한영은 씁쓸해졌다.

틀린 말은 아니었다. 자신은 절박했으니까.

"그러면 이걸 어떻게 써야 하지요?"

도한영은 입술을 깨물으면서 주변을 둘러봤다.

앞에 보이는 것은 벽뿐이다. 아니, 벽 말고 저 코너에 하나 더 있기는 하다.

'개새끼.'

한때는 자신의 후임이었던 직원.

그는 슬쩍슬쩍 이쪽을 바라보고 있었다.

그가 업무 시간에 자신을 보러 올 이유는 없다, 공식적으로는.

'그렇게 나온다 이거지.'

왜 저러는지 안다.

자신이 조금이라도 실수하면 그걸 사진으로 찍어서 보고하기 위해서다.

물론 위에서 시켜서 하는 짓이라는 것도 안다.

하지만 그렇다고 해서 인간적인 배신감이 느껴지지 않는 것은 아니었다.

'이게 카메라라고 했지?'

그녀는 책상을 물끄러미 바라보면서 생각했다.

작은 볼펜처럼 생긴 물건. 그 물건은 카메라였다.

노형진은 그걸 주면서 말했다.

─분명히 감시하는 놈이 있을 겁니다. 그걸 이용해서 저들이 감시하고 있다는 걸 찍는 겁니다. 놈들에게 역으로 한 방 먹이는 거지요.

사실 애초부터 감시하고 있다는 것은 알고 있었다.

자신이 조금만 다른 짓을 해도, 하다못해 딸이 보낸 문자만 확인해도 그걸 찍어서 질책했으니까.

'그것뿐만이 아니지.'

마치 보안 카메라처럼 보이는 물건. 그건 자신을 감시하기 위해 따로 설치된 물건이다.

자신이 출근해서 퇴근할 때까지 내내 감시할 수는 없으니 아예 카메라를 만들어 둔 것이다.

"독한 년."

그녀는 감시자 쪽을 흘겨보다가 소리가 난 쪽을 바라보았다.

상관인 곽허만 부장이 질렸다는 표정으로 바라보고 있었다.

"뭐가요?"

그녀는 속으로 쾌재를 부르면서 애써 태연한 척 말했다.

"그만두라고 했잖아. 언제까지 버틸 건데?"

"전 그만두지 않습니다. 제가 잘못한 게 없는데 왜 그만둬요?"

"미친 거 아냐? 잘못한 게 없다고?"

"잘못한 게 없지요. 잘못된 걸 잘못되었다고 했는데 그게 왜 문제가 되나요?"

"야, 이 미친년아! 위에서 파고들지 말라고 했잖아! 그런데 그걸 파고들고는, 뭐? 잘못한 게 없어?"

"전 시키는 대로 하는 노예가 아닙니다."

도한영은 태연하게 곽허만 부장에게 대들었다.

부장은 한마디 한마디 들을 때마다 얼굴이 붉으락푸르락해졌다.

"지금 너 때문에 내가 얼마나 곤란한지 알아?"

"알지요. 절 자르라는 압력이 대단할 것 같은데요."

"알면서 지랄하는 거야?"

"네, 알아요."

"이런 미친년."

부장은 잔뜩 흥분했다.

안 그래도 더 괴롭혀서 당장 나가게 하라고 상무에게 끌려가서 욕을 바가지로 먹고 오는 중이었던 것이다.

"오냐, 네가 얼마나 더 버티는지 두고 보자."

"여기서 더 나빠질 게 뭐가 있겠어요?"

그녀가 있는 자리는 사무실도 아닌 복도다.

그것도 화장실 옆에 있는 복도.

그러니 이 층에서 근무하는 다른 사람들이 보지 않을 수가 없다.

그렇게 모멸감을 느끼면서 오랜 시간을 지내야 했다.

그러니 더 나빠질 게 없다는 걸 알고 있었다.

"흥, 누구 마음대로 나빠질 게 없다는 거야."

부장은 비릿한 미소를 지으면서 말했다. 그리고 구석을 향해 손짓했다.

그러자 누군가 곤란한 표정으로 수레를 끌고 왔다.

"이건?"

커다란 자루. 그건 그녀도 알고 있는 자루다.

동전을 대량으로 담아 두는 자루니까.

"이거 분류해 놔."

부장의 말에 남자 직원은 힘들어하며 그걸 도한영의 옆자리로 내려놓았다.

"이걸 다요?"

"그래."

족히 수백만 원은 되어 보이는 동전이다.

아니, 수천만 원은 될 것이다.

커다란 자루가 다섯 개도 넘으니까.

"미쳤군요."

전자동 동전 분류기가 있으니 거기에 걸면 이 정도는 몇 시간이면 끝난다. 그러니 이걸 일일이 세어 가면서 직접 분류할 이유가 없다.

"미친 게 아니라, 이게 지금부터 네년 업무야. 아, 그리고 한 푼이라도 비면 어떻게 되는지 알지?"

10원짜리와 100원짜리 그리고 50원짜리가 가득한 주머니.

심지어 그 흔한 500원짜리도 없다.

애초부터 괴롭힐 목적으로 상대적으로 부피가 크고 분류가 쉬운 500원짜리는 뺀 것이다.

"빨리 시작하지 않으면 오늘 안에 못할 텐데?"

빈정거리면서 사라지는 부장.

남자 직원은 부장이 간 방향을 보다가 고개를 푹 숙였다.

"죄송합니다, 과장님. 저도 어쩔 수가 없습니다."

"알아요."

"죄송합니다."

다시 한 번 고개를 숙인 남자는 몸을 돌려서 사무실로 돌아갔다.

"하아."

도한영은 그걸 보고 한숨을 쉬었다.

그들의 속셈을 뻔하게 알 수 있었으니까.

이게 있는 이상 자신은 화장실에도 마음대로 못 간다. 사라질 수도 있으니까.

아니, 분명 그럴 것이다.

'그리고 조금이라도 비면 나한테 횡령이라고 뒤집어씌우겠지.'

문제는, 그걸 뒤집어씌우려면 이게 얼마인지 알아야 하니 이 돈은 이미 정산이 끝난 돈이라는 뜻이 된다.

오로지 자신을 괴롭히기 위해 부여된 임무.

그녀는 입술을 깨물고 천천히 동전을 세기 시작했다.

"미쳤네요."

그날 저녁, 노형진은 그 이야기를 듣고 어이가 없었다.

"이제 작심한 것 같더군요."

단순히 두고 보는 걸 넘어서 창의적으로 괴롭히기 시작했다는 것은 어떻게 해서든 그만두게 만들겠다는 뜻이다.

"그러면 오늘은 어떻게 하신 겁니까?"

"이 악물고 버텼지요."

화장실에 갈 수도 없으니 물도 먹지 못하고 밥도 먹지 못했다. 돈을 지켜야 하기 때문이다.

"아마 제가 잠시라도 자리를 뜨면 100% 누군가 돈을 훔쳐 갔을 테니까요."

"그러겠지요."

그리고 그 책임을 도한영에게 물을 것이다.

횡령이라는 형태로.

"내일은 가면 어제 그게 다시 뒤섞여 있을 게 뻔하지요."

이것이 법이다

하루 종일 분류해서 제출했지만 분명히 그 돈은 다시 섞여서 내일 그녀에게 돌아올 것이다.

아마도 금액은 변동되겠지만.

"그래요?"

노형진은 피식 웃었다.

"우리가 증거 모은 게 얼마나 되죠?"

"일주일 정도?"

"그렇단 말이죠."

노형진은 씩 웃었다.

"그러면 이쯤에서 시작하는 것도 나쁘지 않겠네요."

"네?"

도한영의 눈이 살아났다.

아무리 그녀가 이를 악물었어도, 이러한 행동까지 버티기는 힘들었다.

"카메라는 잘 작동되고 있지요?"

"네."

"그러면 내일부터는 당당하게 화장실도 가시고 밥도 먹으러 가세요."

"뭐라고요? 하지만 그랬다가는 누군가 돈을 훔쳐 갈 겁니다."

분명 그렇게 될 것이 뻔하다.

그런데 당당하게 자리를 비우라니?

"그게 목적입니다. 시작과 동시에 화려하게 한 방 먹이려고요."

"화려하게 한 방 먹인다고요?"

"네. 어디 보자……."

노형진은 옆에 있는 가방을 뒤적거리더니 뭔가를 꺼내 들었다.

"이게 뭔지 아시죠? 은행원이니까."

"이건?"

모를 리 없다. 일단 은행에 입사하면 가장 먼저 배우는 물건 중 하나니까.

"이걸 가지고 한 방 먹이는 겁니다. 자리를 비우면 훔쳐 간다고요? 훔쳐 가라고 하세요."

노형진은 싱글거리면서 웃었다.

"이게 우리의 선전포고용 축포가 될 겁니다, 하하하."

누가 시켰는데?

도한영은 주변을 스윽 바라봤다.

자신을 불쌍하게 바라보는 시선.

별반 달라질 게 없는 시선들.

'후우.'

하지만 이제는 제대로 싸운다는 생각에 그녀는 입술을 스윽 깨물었다.

구석에 쌓여 있는 동전 주머니들. 저것들로 인해 고생하는 것도 이제는 끝이다.

'마이너스가 120만 원이라……'

노형진의 말대로 그녀가 자리를 비우자 귀신같이 돈이 비었다.

위에서는 그걸 가지고 계속 트집을 잡아 댔다.

동전 부피가 적지 않다 보니 많이 비는 건 아니었지만, 그렇게 일주일 사이에 벌써 120만 원이나 비는 상황이 되어 버렸다.

'아마도 이걸 횡령으로 몰아가서 날 자르려고 하겠지만……'

도한영의 입꼬리가 슬며시 비틀려 올라갔다.

이제는 당한 만큼 그대로 보복할 것이다. 아니, 수십 배 수백 배 말이다.

"밥이나 먹으러 갈까?"

그녀는 평소처럼 움직였다.

복도에 동전이 가득한 주머니를 그냥 둔 채였다.

점심시간에는 직원들도 대부분 밥을 먹으러 간다.

그런데 그때 누군가 스윽 고개를 내밀었다.

"독한 년."

고개를 빼꼼 내민 남자는 고개를 흔들었다.

이 정도 괴롭히면 알아서 그만둬야 하는데 그만둘 생각을 하지 않는다니.

"그래, 얼마나 버티는지 두고 보자."

그는 이를 박박 갈면서 복도에 놓인 도한영의 자리에 접근했다. 그리고 주변을 스윽 둘러봤다.

하지만 다들 점심을 먹으러 나가서 사람은 없었다.

"오늘은 아주 작심하고 한 절반쯤 털어 버릴까?"

그는 그렇게 중얼거리면서 동전이 들어 있는 자루를 스윽 열었다.

통째로 들고 가는 건 너무 티가 나니까 그 안에 있는 걸 빼 가기 위해서였다.

그 순간.

펑!

"어?"

뭔가 터지는 소리가 들리면서 안에서 뭔가가 튀어나왔다.

그리고 엉겁결에 그걸 뒤집어쓴 남자는 멍하니 굳어 버렸다.

"이게 뭐지?"

워낙 부지불식간에 당한 일이라 그는 정신을 차리지 못하고 얼굴을 스윽 문질렀다.

그러자 그의 얼굴에서 녹색의 형광물질이 묻어났다.

"이건……?"

그게 뭔지 이해하지 못한 남자가 어리둥절하는 그때, 갑자기 반대쪽에서 도한영의 목소리가 들려왔다.

"잡았다, 이 도둑놈."

"도둑놈?"

고개를 돌려 보니 도한영과 한 무리의 사람들이 그를 바라보고 있었다.

"허억!"

남자는 소름이 쫘악 돋았다.

지금 터진 게 뭔지 기억난 것이다.

그것은 바로 은행에서 많이 쓰는 보안용 페인트 폭탄이었다.

은행에서 돈을 털어 가는 경우, 이 형광물질이 터지면서 도둑의 몸에 표식을 남김과 동시에 돈을 페인트 범벅으로 만들어서 유통시키지 못하게 막아 버리는 물건.

"이…… 이런 미친……."

설마 이런 걸 설치했으리라고는 생각하지 못했기 때문에 그는 당황했다.

하지만 문제는 그것만이 아니었다.

"서 주임님……."

"서 주임님이 도둑이었어?"

도한영과 함께 있던 직원들은 당혹감을 감추지 못했다.

자신과 잠깐만 함께 있어 달라는 부탁에 어쩔 수 없이 잠깐 있어 줬는데, 이런 걸 보게 될 줄이야.

"어쩐지 매일같이 돈이 비더라니."

도한영은 분노에 찬 시선으로 그를 바라보았다. 그리고 전화기를 들었다.

"당장 경찰을 부르도록 하지요."

"자…… 잠깐!"

서 주임은 깜짝 놀랐다.

경찰이라니? 이건 생각지도 못한 부분이었다.

"이, 이건…… 이유가…….."

"무슨 이유?"

"……."

그 순간 서 주임은 입이 턱 막혔다.

뭐라고 한단 말인가? 상부에서 시켰다고?

그럴 수는 없다.

도한영 역시 그걸 알고 있었다.

"여기는 은행입니다. 돈을 훔치는 직원을 둘 수는 없지요.
바로 경찰 불러요."

다들 눈치를 봤다.

하지만 그녀의 말이 맞다. 하루에도 수백억을 다루는 은행
에서 돈을 훔치는 사람을 직원으로 둘 수는 없다.

누군가 112에 전화했다.

"거기, 경찰이지요?"

그러자 서 주임은 얼굴이 사색이 되었다.

그걸 본 도한영의 얼굴에는 진한 미소가 떠오르고 있었다.

⚖️

"으하하하!"

노형진은 웃으면서 몰래카메라에 찍혀 있는 모습을 바라 봤다.

서 주임은 경찰이 오자 찍소리도 못 하고 수갑을 차고 끌려 나갔다.

황급하게 뛰어온 부장이 당황해서 뭐라고 횡설수설하면서 막으려고 했지만 워낙 증거도 증인도 넘치는 현행범인지라 막을 수가 없었다.

"아주 제대로 한 방 먹은 모양이네?"

"그렇겠지?"

저렇게 체포당해서 갔으니 범죄를 부정할 수도 없다.

"문제는 저 서 주임이라는 인간이 선택해야 한다는 거지."

상식적으로 은행에 절도에 휘말린 사람을 그냥 둘 수는 없다.

금액이 작으니 실형이야 피할 수도 있겠지만, 남들이 부러워하는 은행에서 해직당하는 것은 피할 수 없을 것이다.

"해직당하지 않으려면 위에서 시켰다는 걸 밝혀야 하는군요."

"그렇지요."

도한영은 그 영상을 보며 미소 지었다.

"그래서 그걸 그냥 두라고 한 거군요."

"네. 무리해서 지키기만 하셨다면 아마 변하는 게 없었을 겁니다. 하지만 지키지 않으니까 손을 댄 거죠. 쉽게 말해서 함정을 판 겁니다."

"그동안 제가 횡령했다는 증거는 뒤집혔구요."

"네. 아마도 그 서 주임이라는 인간이 입을 열든 열지 않든, 해직은 피할 수 없을 겁니다."

입을 열지 않으면 전과를 달고 해직당하는 거고, 입을 열면 위에 찍혀서 해직당하는 거다.

"고소하군요."

도한영은 미소를 지었다.

자신을 괴롭혔던 인간이 이렇게 몰락하는 것을 보고 있자니 지난 몇 달간 괴롭힘당한 울화가 다 해소되면서 속이 시원해지는 기분이었다.

"고소해하실 건 없습니다. 우리는 저 사람을 포섭할 거거든요."

"포섭?"

"네. 저 사람이라고 해서 잘리고 싶겠습니까, 나라 경기도 안 좋은데? 거기에다 한상은행 본사의 주임쯤 되면 성공한 자리인데."

"그러면?"

"엄밀하게 말하면 저 사람의 상황은 도한영 과장님과 비슷한 거죠."

억울하고 부당하게 당하는 상황.

"그게 무슨 말이지요?"

"저 남자가 살아남을 방법이 있다는 겁니다."

"저 남자가 살아남을 방법?"

"네. 공익신고자보호법 제14조가 있거든요, 후후후."

"공익신고자보호법 14조요?"

"네."

서 주임은 피폐한 얼굴로 노형진을 바라보았다.

지난 며칠간 인생이 나락으로 떨어진 기분이었다.

"그게 뭔지 난 모릅니다."

"공익신고자보호법 14조. 정확히는 14조 1항이지요. 규정은
이겁니다. 공익 신고 등과 관련하여 공익 신고자 등의 범죄행
위가 발견된 경우에는 그 형을 감경하거나 면제할 수 있다."

"에?"

"그 말 그대로지요. 만일 서 주임님이 공익 신고자로서 내
부 고발을 하신다면 그로 인해 발생한 범죄는 용서받을 수
있다는 뜻이지요."

그는 침을 꿀꺽 삼켰다.

"그 말은 제가 처벌받지 않는단 말입니까?"

"처벌만 안 받겠습니까? 직장도 지킬 수 있습니다."

"직장도 지킬 수 있다고요?"

이것이법이다

"네."

서 주임의 눈빛이 격하게 떨리기 시작했다.

안 그래도 가족들은 난리가 났다.

아내는 와서 울고불고 난리고, 부모님은 은행에 들어갔다고 자랑스러워하던 아들이 졸지에 도둑질하다 걸리자 대성통곡하면서 자책했다.

"그리고 아실 테지만, 은행에서 횡령하셨으니 제대로 된 직장은 못 구하실 겁니다. 아시지요?"

"……."

물론 아예 못 구하는 것은 아닐 것이다.

하지만 절도라는 죄목을 뒤집어쓴 채로 직장을 구하면 그가 구할 수 있는 일자리는 한정적일 것이다.

그리고 지금처럼 사람들의 부러움을 받는 일자리는 꿈도 못 꿀 것이다.

아마 구한다고 해도 지금 받고 있는 임금의 절반 이하의 낮은 임금을 받는 자리일 가능성이 높다.

"그런……."

"물론 원하지 않으시면 하지 않으셔도 됩니다."

노형진은 슬쩍 발을 뺐다.

"우리는 서 주임님 말고도 이길 방법은 많거든요."

"……."

서 주임은 한참 고민했다.

그러다가 조심스럽게 물었다.

"확실하게 이길 수 있습니까?"

"이길 수 있지요."

"그러면 나는요?"

"복직하겠지요. 우리를 도와주신다면요. 최소한 제대로 된 손해배상과 퇴직금은 받을 수 있을 겁니다."

"꿀꺽……."

서 주임은 머리를 부여잡았다.

아직까지 회사가 무서웠다. 하지만…….

"어차피 결정은 나 있는 거 아닌가요? 혼자 망하시든가, 아니면 최소한 자신을 보호하시든가……."

"크윽……."

노형진의 말이 맞다.

자신이 절도를 한 이유도 회사에서 시켜서다.

하지 않으면 자신이 잘릴 수도 있으니까, 그러니까 한 것이다.

"하겠습니다."

"좋습니다."

노형진은 씩 웃었다.

"그러면, 누가 시켰나요?"

"제게 절도를 시킨 사람은……."

"내가 왜 도둑질을 지시했다는 거야!"

신경만 과장은 소리를 버럭버럭 질렀다.

하지만 이미 그는 핀치에 몰린 것이나 다름없었다.

"증언이 나왔습니다. 당신이 돈을 훔쳐 오라고 했다고요."

"누가 그래!"

경찰의 말에 신경만은 언성을 높였다.

하지만 경찰들은 그런 그의 말이 거짓말이라는 것을 이미 알고 있었다.

"내부 고발이 들어왔습니다. 당신이 도한영 씨를 그만두게 할 목적으로 죄를 뒤집어씌우려고 함정을 팠다면서요?"

"무…… 무슨 소리야! 난 그런 적 없어!"

신경만은 딱 잡아떼려고 했다.

"내부 고발자가 한 이야기는 다르던데요. 동전으로 괴롭힌 게 당신이 계획한 거라고 하던데?"

"무슨 말도 안 되는 소리야?"

"말이 안 되지는 않던데요."

경찰은 뭔가를 꺼내 들었다.

"회사 내부에서 나온 서류입니다. 여기에 따르면 동전을 수급해 간 것이 당신이라고 되어 있어요."

"허억."

수천이나 되는 동전을 그냥 줄 리 없다. 당연히 내부 결재를 거쳐야 했다.

그런데 그 승인자가 바로 신경만이었다.

"나는…… 필요하니까……."

"그럼 그 돈이 어디에 필요한 건지도 말씀해 주실 수 있을 것 같네요."

"……."

"어디다 쓰셨나요?"

신경만은 눈을 데굴데굴 굴렸다.

경찰은 그 서류의 한쪽을 짚어 보이면서 물었다.

"그나저나 이 서류에 부장님이 사인하셨던데, 부장님도 그 절도 행위에 동참하신 겁니까?"

점점 예리해지는 질문에 신경만은 땀을 삐질삐질 흘리기 시작했다.

그런 신경만을 보면서 경찰은 정곡을 찔렀다.

"누구의 명령을 받고 한 거예요?"

'으으…….'

신경만은 머리를 굴렸다.

하지만 여기서 물러날 수는 없었다.

여기서 사실을 까발리면 위에서 자신에게 무슨 짓을 할지 뻔하게 보였기 때문이다.

'그래…… 금액이 많은 것도 아니니까…….'

고작 몇십만 원 훔친 거다. 그러니 뒤집어써도 잘해 봐야 감봉 정도에서 끝날 거라 그는 그렇게 생각했다.

"내…… 내가 한 겁니다! 내가!"

"당신이 한 거라고요?"

"네! 내가 한 거라고요."

"아니, 왜요?"

"그냥, 도한영 그 여자가 마음에 안 들어서요."

"호오?"

경찰은 싱긋 웃었다.

"그래서, 마음에 안 들어서 절도를 했다?"

"네."

어차피 감봉 정도라면 자신이 감당할 수 있다고 생각한 그의 선택은, 그의 인생을 파멸로 몰고 가기 시작했다.

⚖

"네? 뭐라고요?"

"이건 우리가 어떻게 해 줄 수가 없습니다."

죄를 인정했으니 기껏해야 벌금 얼마, 그리고 감봉 얼마 정도일 거라고 생각한 신경만이었다.

그런데 그를 찾아온 변호사는 머리를 부여잡았다.

"하아, 그걸 왜 인정하셨습니까?"

"그거야 벌금 얼마 내면 끝이니까요."

"그거야…… 작년 이야기구요."

"작년?"

이런 짓을 한두 번 해 본 것이 아니다.

이번에 운이 좋지 않아 걸렸을 뿐이지 바뀐 건 없다고 생각했다.

그런데 변호사의 분위기가 이상했다.

"법이 바뀌었어요. 작년 11월부터 새로운 법이 도입되었단 말입니다."

"새로운 법요?"

"네. 공익신고자보호법이라고요."

"그게 뭡니까?"

"지금 같은 경우에 상당히 불리한 법입니다. 지금 자신이 다 했다고 우기면서 제대로 조사에 응하지 않고 계시잖아요?"

"네."

"과태료가 나올 겁니다."

"과태료요?"

"네."

"벌금이 아니고요?"

"그것도 나올 거고요."

"네?"

"지금 도한영이 신경만 씨에게 손해배상으로 5천만 원을 요구했어요. 물론 그게 다 인정되지는 않겠지만, 못해도 2천은 인정될 겁니다. 거기에다 과태료에 벌금까지 생각하시면, 아무리 못해도 4천만 원은 각오해야 합니다."

신경만은 정신이 어찔해졌다.

원래 벌금 한 200만 원쯤 내면 끝났다. 그런데 4천?

"그게 말이나 됩니까!"

"말이 됩니다. 법이 바뀌었다니까요."

변호사는 답이 없다는 듯 머리를 흔들었다.

"그리고 상대방이 새론이잖습니까?"

"그런데요?"

"아마…… 그쪽에서 신 과장님을 가만두지 않을 겁니다."

"그게 무슨 말입니까? 날 가만두지 않는다니? 무슨 짓이라도 한단 말입니까?"

"그건 모르죠."

변호사는 입술을 깨물면서 말했다.

"진짜 모릅니다. 지금까지 없었던 일이니까요."

한창 근무 중이던 곽허만 부장은 낯선 전화번호에 고개를 갸웃하면서 통화 버튼을 눌렀다.

"곽허만 부장입니다."

―감사원입니다. 한상은행 곽 부장님이시지요?

"네, 그런데요. 감사원에서 왜 저한테 전화를 다…….."

―여기서 신경만 과장이라는 분이 공익 신고를 하신 도한영 과장님을 괴롭혔다는 증언이 나와서요. 그와 관련된 증거 수집 및 진술을 하기 위해 사람들이 나갔습니다.

"그래요? 우리는 금시초문인데요?"

―갑자기 나왔습니다. 아마 그쪽에서 손쓴 것 같은데, 일단 법원에서 영장이 나왔으니 집행해야 해서요.

"어…… 급한 건가요?"

―오늘 중으로 해야 합니다.

감사원 직원은 곤란한 듯 말했다.

곽허만은 눈을 찌푸렸다.

"저기, 아직 서류 정리가 끝나지 않았는데…….."

―그래서 연락드리는 거 아닙니까?

"하지만 이렇게 다급하게 연락을 주시면…….."

―할 수 없지요. 일단 서둘러서 하세요, 우리가 바깥에서 적당히 시간을 끌 테니까, 사람들 동원해서 막으시구요.

"네, 그러지요. 연락 주셔서 감사합니다."

감사원의 말에 곽허만은 고개를 끄덕거렸다.

그리고 전화가 끊어지자 이를 꽉 물었다.

"이 미친년이 일을 얼마나 크게 만드는 거야?"

안 그래도 지난번에 일이 마무리되지 않아서 내부적으로 뒤숭숭한데 또다시 감사원이라니.

"야, 김 과장!"

"네?"

"애들 데려가서 감사원 막아!"

"네? 하지만……."

"이야기 다 되었으니까 막아, 걱정하지 말고. 그리고 다른 사람들은 관련 서류 모조리 파기해!"

"알겠습니다."

다들 하던 일을 멈추고 다급하게 지시받은 일을 시작하자 그걸 보고 곽허만은 입술을 깨물었다.

⚖

은행 입구에서는 실랑이가 한창이었다.

"뭐 해? 다들 막아!"

"네!"

"밀어내!"

"이거 뭐 하는 짓들이야! 안 비켜?"

"헛소리! 내가 알 게 뭐냐!"

애써 밀어내는 사람들.

감사원 사람들은 속절없이 뒤로 밀려났다.

그러자 먼 곳에서 그 광경을 지켜보던 손채림은 어이가 없다는 듯 말했다.

"저래도 되는 거야?"

"밀어내는 거 말이야? 그럴걸."

"감사원이잖아. 그런데 밀어낸다고?"

"아, 저거? 짜고 치는 고스톱이야."

"짜고 치는 고스톱?"

"그래. 상식적으로 감사원이 밀고 들어가려고 한다면 한 상은행이 막을 수 있을 것 같아?"

불가능하다. 경찰까지 동원해서 밀어붙이면 그만이기 때문이다.

애초에 감사원의 감사를 막는다는 것 자체가 국가와 전쟁하겠다는 뜻이나 마찬가지다.

"그런데 감사하려고 물건을 가지러 왔다는 사람이 고작 일곱 명이야. 차량은 두 대뿐이고. 어째서 저렇게 숫자가 적을까?"

"음…… 그러게. 숫자도 작고…….'

"결정적으로 분명히 영장이 있는데도 정작 영장은 제시하지 않고 있지."

"어? 그러네."

아무리 감사원이라고 해도 영장도 없이 밀고 들어갈 수는 없다.

그리고 영장을 제시하면 아무리 한상은행이라고 해도 저들을 막을 수는 없다.

그런데 언성만 높일 뿐, 영장은 제시하지 않고 있다.

"어째서 그러지?"

"짜고 치는 고스톱이라니까. 애초에 이 사건은 누군가가 내부 고발자의 신상을 알려 줘야 성립하는 거라고 했잖아."

"아! 맞네. 잊고 있었다."

도한영은 몰래 감사원에 고발했다.

그런데 감사원에서 고발자의 신상 정보가 한상은행으로 넘어갔다.

"흔하게 있는 일이야."

"흔하게 있는 일?"

"그래."

기업과 결탁한 그들이 감사가 들어가기 전에 미리 회사에 연락해서 관련 서류를 폐기하도록 하는 것은 거의 100% 일어나는 일이었다.

'심지어 사람 목숨이 달려 있는데도 그 지경인데, 뭐.'

노형진은 원자력발전소 부품이 가짜가 들어간 사건을 기억하고 있었다.

그 당시에 그 부품을 제작한 업체에 감사가 들어갔는데, 내부 고발자에 따르면 감사가 시작되기 일주일 전에 미리 상부에서 감사가 들어올 거라는 걸 알고 관련 서류를 모조리 폐기했던 것이다.

원자력발전소가 터지면 한두 명 죽는 게 아니라 전 국토가 방사능 범벅이 되는 걸 알면서도 그 짓거리를 한 것이다.

"그런데 그럴 거면 차라리 안에 들어가서 그냥 기다리는 게 편하지 않아?"

"그럴 수는 없지."

노형진은 뒤쪽에 있는 기자들을 가리켰다.

"내가 왜 코리아 타임라인 기자들을 보냈는데. 안에 들어가서 뭉그적거리면 다 뽀록 나거든."

"허어? 하지만 그래도 이미 안에서는 폐기하고 난리도 아닐 텐데?"

"그렇겠지."

노형진은 씩 웃었다.

"하지만 그런 건 현대 과학기술의 힘으로 이겨 낼 수 있어."

"허어?"

노형진은 웃으면서 어디론가 전화했다.

"네, 접니다. 상황이 어떤가요? 아, 깔끔하다고요? 그래요? 좋습니다. 완벽하게 찍으세요."

노형진은 전화를 끊었다. 그리고 미소 지었다.

"자, 과연 며칠 후에 저들이 무슨 말을 할지 두고 보자고."

이것이 법이다

얼마 후, 감사원과 한상은행은 공식적으로 관련 증거가 없
다는 발표를 했다.

하지만 그게 자신들의 발목을 잡는 일이 될 줄은 몰랐을
것이다.

－어서 빨리 삭제해! 서류 분쇄하고!

－아오, 망할. 관련 서류 모조리 지워!

다급하게 움직이는 사람들. 그 모습이 인터넷에 모조리 까
발려진 것이다.

그뿐만이 아니었다. 창문을 통해 초고화질로 서류를 파쇄
하고 컴퓨터를 지우는 모습이 그대로 녹화되어 있었다.

"아주 통수네, 통수."

도한영이 그만두기 전 사람들이 있는 공간에 몰래 도청기
를 설치하는 것은 어려운 일이 아니었다.

그리고 당일이 되자 노형진은 전문 촬영 팀을 동원해서 수
천만 원짜리 카메라로 해당 건물의 창문을 촬영했던 것.

그 정도면 그 안에서 움직이는 사람들의 행동 하나하나를
찍는 데 전혀 지장이 없었다.

"통수 정도가 아니지 아마 내부적으로 발칵 뒤집혔을걸."

특히나 골 때리는 것은 감사원이었다.

그들은 분명히 관련 서류를 조사한 결과 혐의점이 없다고 했는데, 카메라에 찍혀 있는 장면에는 그들이 서류를 챙기는 게 아니라 직원들과 함께 느긋하게 커피를 마시고 있었던 것이다.

"거기에다 그들이 쓰는 파란색 플라스틱 케이스는 약점이 있거든."

역광으로 빛을 강하게 비추면 그 내용물이 비쳐 보인다.

기자들이 촬영해 온 케이스는 아무리 살펴봐도 텅 비어 있었다.

단 한 장의 종이도 들어 있지 않은데 감사원 직원들은 그게 마치 엄청나게 무거운 것이라도 되는 양 세 명이서 낑낑거리면서 나르고 있었다.

–백지장도 맞들면 낫다지만 이건 너무 협력하는데?

–절 취업시켜 주십시오. 전 힘이 좋아서 저런 박스쯤은 한 손으로 들 수 있습니다.

–캬, 서류가 없는데 어떻게 조사했지? 관심법으로 조사했나?

인터넷에는 빈정거리는 말이 가득했고, 노형진은 그 사건의 모든 관련자들을 업무상 배임으로 고발해 버렸다.

당연히 감사원 내부에 대한 감사가 시작되었고, 한상은행은 언론에 제대로 까이면서 변명도 하지 못하게 되었다.

"허, 현대의 카메라 성능이 그렇게 좋은 줄은 몰랐는데?"

무려 1킬로미터 밖에서 찍은 카메라에 직원들의 움직임 하나하나가 모조리 찍힐 정도니까.

"비싸서 그렇지, 더한 거리도 찍을 수 있어."

"헐."

손채림은 당혹감을 감추지 못했다.

"아직까지 대부분의 기업들은 그런 걸 모르지. 그래서 전에 배운 대로만 움직이는 거야. 감시하려고 하면 얼마든지 할 수 있는데 완전히 무시하는 거지."

"그런가? 그나저나 이제 저쪽은 외통수인 셈인데 어떻게 하려나?"

"글쎄…… 아마도 대책을 세우려고 하겠지, 후후후."

⚖️

같은 시각, 한상은행에서는 다급하게 회의가 진행되고 있었다.

"이게 무슨 일입니까!"

"이 사태를 어떻게 할 거예요!"

"도한영 그 여자 빨리 자르라고 도대체 몇 번을 이야기했어요! 그런데 그것도 제대로 못 해서 일을 이 지경으로 만들어요?"

이사진의 질책을 받으면서 곽허만 부장은 연신 고개를 숙일 수밖에 없었다.

"죄송합니다. 죄송합니다."

"지금 이게 죄송으로 해결될 일이야!"

몇몇은 격하게 반응하고 있었다.

"지금 언론에서 우리가 무슨 꼴을 당하고 있는지 알아?"

"언론이 중요한 게 아닙니다. 지금 우리 모두 다 고발당했어요!"

곽허만 부장을 비롯하여 이사진 모두 공익신고자보호법 위반으로 고발당했다.

그들은 다급하게 자신들은 관련이 없다고 주장했지만, 그게 먹힐 리가 없었다.

"도대체 직원 관리를 어떻게 하는 거야!"

직원들이 얼마나 도한영을 괴롭히고 감시했는지가 그녀가 몰래 찍어 간 동영상에 다 드러나 있어서, 그걸 확인한 직원들은 자신들이 살기 위해서라도 상부에서 시켰기 때문에 어쩔 수 없었다고 인정할 수밖에 없었던 것이다.

사실 틀린 말도 아니었고.

"그건 제가…… 책임지고……."

곽허만은 고개를 푹 숙이면서 말했다.

"당신이 책임진다고 하니 믿겠습니다."

"네……."

그는 입술을 깨물며 눈을 질끈 감았다.

얼마 후, 그는 기자회견을 자청했다.

─도한영 과장에 대한 괴롭힘과 가혹 행위 그리고 불이익은 제가
지시한 일입니다. 저는 이번 사태에 대해 본인이 모든 책임을 지고
회사에서 사직하겠으며…….

기자들에게 고개를 숙이는 곽허만.

도한영은 그런 그의 기자회견을 노형진과 함께 보면서 기
막혀 했다.

"헛소리하는군요. 고작 부장이 저를 복도로 발령 낼 수 있
다는 건가요? 그걸 누가 믿어요?"

"누가 믿는지 아닌지가 중요한 게 아니죠. 중요한 건 꼬리
를 잘라 내는 거죠."

"그 꼬리가 곽허만이라는 건가요?"

"네."

"아니, 왜요?"

"사람은 다 추구하는 바가 다르니까요."

누군가는 세상의 이익을, 누군가는 자신의 이익을, 그리고 누군가는 조직의 이익을 생각한다.

추구하는 바가 다 다르니 당연히 그 결과 또한 다르다.

"그런 면에서 볼 때 저런 타입은 상당히 까다롭죠."

"까다롭다고요?"

"네. 세상의 이익을 우선시하는 사람은 어지간하면 문제를 일으키지 않아요. 선으로 움직이는 사람이니까. 반대로 자기 이익을 우선시하는 사람은 자기에게 불이익이 온다고 생각하면 대부분 등을 돌려 버리죠. 지금 기업 내부에서 배신하고 있는 사람들이 대부분 그런 타입이지요."

분쇄에 가담했던 직원, 그리고 길을 막았던 직원, 자신을 괴롭혔던 직원 모두 다 고발당했다.

그들은 자신의 자리를 지키기 위해 어쩔 수 없이 위의 명령에 따랐다고 주장하고 있는 상황.

"하지만 저런 타입, 그러니까 조직을 위해 자신을 희생하는 타입은 상당히 골치 아프죠."

소위 충성을 다하는 타입.

그들은 절대로 배신하지 않는다.

물론 시간이 오래 지나면 모르지만, 현재로서는 곽허만이 배신할 가능성은 높지 않다.

"자기가 모든 책임을 진다고 하고, 위에서도 모른다고, 저 사람이 다 한 거라고 하니까요."

그러면 공격하는 사람 입장에서도 돌아 버릴 지경이 된다.

위를 노려야 하는데 위를 공격할 수 있는 길이 차단된 것이기 때문이다.

"이를 이용하면 꼬리를 잘라 낼 수 있지요."

결과적으로 이런 식으로 해서 기업은 자신들이 원하는 것을 언제가 손에 넣을 수 있게 된다.

누군가 사고를 치면 다른 누군가에게 뒤집어씌워서 꼬리를 자르면 그만이니까.

"다른 증거라도 있으면 좋겠지만……."

도한영은 입술을 깨물었다.

노형진의 말에 따라 최대한 증거를 모으려고 했지만 그건 어디까지나 자신의 주변에 한해서만 가능했다.

"아무리 나라고 해도 부장급 이상의 사람들에 대한 증거를 모을 수는 없었어요. 애초에 부장급 이상이면 상무나 이사급인데, 나를 자르지 못해서 안달인 사람이 나랑 만나 줄 리 없으니까."

"그렇지요?"

그렇다고 들어가서 도청 장치라도 달자니, 그쯤 되면 따로 사무실이 있고 전담 비서가 그 앞을 지키고 있기 때문에 몰래 들어가는 것은 불가능하다.

"이해합니다."

노형진은 고개를 끄덕거렸다.

"하지만 그렇다고 해서 정보를 모으지 못하는 건 아니지요."

"아니라고요?"

"아까도 말씀드렸다시피, 저런 사람들은 자기가 책임지려고 하지요. 조직을 지키기 위해 말입니다."

"그런데요?"

"하지만 저 사람이 그런다고 해서 다른 사람도 다 그러라는 법은 없지요."

"다른 사람이라고 해 봐야 어차피 곽 부장에게 명령을 받아서 움직이는 사람일 텐데요?"

그렇다면 중간에 다 곽 부장에게서 선이 끊어질 수밖에 없다.

"곽 부장과 대등한, 아니 더 위에 있는 사람이 있기는 하지요."

"네? 그런 사람이 있다고요?"

"네."

"하지만 그런 사람이 양심선언을 할까요?"

노형진은 어깨를 으쓱했다.

"양심선언을 하지 않을 수가 없을 겁니다, 후후후."

⚖

곽 부장의 부인과 아들은 손이 바들바들 떨렸다.

자신들 앞으로 청구된 어마어마한 손해배상금.

"현재 배상금은 다 합하면 12억쯤 됩니다."

"이…… 이렇게 많은 배상을 해야 한다고요?"

"네. 곽 부장님이 자신의 권력을 이용해서 부하 직원들에게 범죄를 유도했으니까요. 그로 인해 부하 직원들은 대부분 전과를 피할 수 없게 되었습니다."

"하지만……."

"변명하셔도 소용없습니다. 얼마 전에 기자회견까지 해서 자기 책임을 인정하셨잖아요?"

가족들은 정신이 아득해졌다.

물어낼 12억이 수중에 있다면 자신들이 지금까지 전세에서 살고 있을 리 없지 않은가?

"아이고, 맙소사……."

"어…… 어머니!"

곽 부장의 어머니는 뒷목을 잡고 쓰러졌다.

집안이 망한다는 게, 이렇게 망할 줄은 몰랐던 것이다.

"제발요, 변호사님! 이거 물어 주고 나면 우리는 망해요!"

"어쩔 수가 없습니다. 곽 부장이 직원들에게 강제로 범죄를 지시한 건 사실인지라……."

대부분의 직원들은 그로 인해 처벌을 피할 수가 없게 되었다.

문제는 그로 인해 사실상 해직의 가능성도 높아졌다는 것.

은행이라는 특성상 엄청난 돈을 유통해야 하니 내부 규정상 전과가 있는 사람은 쓰지 않기 때문이다.

'그래서 대부분 내부 고발로 돌아설 수밖에 없지, 후후후.'

은행이라는 특성상 전과를 달면 해직이다.

그런데 그들을 자르지 않으려면 은행에서 자신들이 시켰다는 걸 인정해야 한다.

결국 대부분은 어차피 잘리는 거, 퇴직금이라도 두둑하게 뜯어내겠다는 식으로 돌변해 버리는 것이다.

'하지만 그렇다고 해서 그 손해가 사라지는 것은 아니란 말이지.'

자신들의 범죄에 대한 처벌을 줄이며 또한 회사로부터, 아니 책임자로부터 배상금을 받아 내기 위해선 누군가에게 죄를 뒤집어씌워야 한다.

이 경우에는 자기 스스로 뒤집어쓰겠다고 나타난 사람이 있으니까 그들의 입장에서는 부담이 없다.

'물론 가족은 그렇게 생각하지 않지.'

곽 부장이 기업에 대한 열렬한 충성심으로 자신의 인생을 바치든 말든, 그건 가족이 선택한 게 아니다.

도리어 은행의 부장으로 적지 않은 돈을 받아서 생활하던 그들에게 곽 부장의 행동은 나락으로 떨어지는 지름길이다.

"아니, 왜! 우리가 이걸 내야 한다는 겁니까? 네? 우리는 아무런 잘못도 없는데!"

아들은 언성을 높였다.

당장 내년이면 대학에 가야 한다. 그런데 이렇게 되면 자신은 대학은커녕 당장 취업 전선으로 나가야 한다.

지금까지 편하게 먹고살던 인생이 박살 나는 것이다.

"아버님이 범죄를 인정하셨습니다. 범죄를 인정하셨는데 배상 이야기가 안 나올 리 없지요."

가족들은 얼굴이 창백해졌다. 더 이상 희망이 없어졌기 때문이다.

당사자가 모든 걸 인정했는데 뭘 어쩌란 말인가?

"사실은 방법이 없는 건 아닙니다만⋯⋯."

노형진은 그들을 보다가 슬쩍 희망을 던졌다.

그러자 물에 빠진 사람들이 지푸라기라도 잡는 심정으로 그걸 덥석 물었다.

"방법이 있다고요?"

"네, 곽허만 부장님이 그걸 부정하면 됩니다."

"남편이요?"

"네⋯⋯."

"그건⋯⋯ 불가능해요."

아내는 고개를 푹 숙였다.

"내가 남편을 20년 넘게 알아 왔어요. 그럴 사람이 아니에요."

집에 못 들어가도, 제사를 못 지내도 일이 최우선이던 사람이다.

심지어는 아버지가 돌아가셨을 때도 장례식장 한구석에서 노트북으로 일했다.

그는 오로지 회사에 충성을 다했다.

그러니 이제 와서 회사를 배신하라고 한다고 한들, 그가 진짜로 배신할 리 없다.

'그건 알고 있지.'

노형진은 씩 웃었다.

그걸 알고 있으니까 가족들을 찾아온 것이다.

"굳이 공식 석상에서 그가 부정할 필요는 없습니다."

"네?"

"그가 부정하는 말 어떤 한마디라도 하면 됩니다. 어차피 면회는 가실 거잖아요?"

"그…… 그거야 그런데……."

"거기서 왜 그랬느냐고 따지시기만 하면 됩니다. 그러면 그가 뭐라고 하겠지요."

"……."

"그리고 그걸 가지고 이혼소송을 하시면 됩니다."

"이혼소송요?"

"네. 이는 명백하게 곽허만 부장의 귀책사유거든요."

회사에 충성을 다한다는 미명하에 가족들의 인생을 시궁창에 처박으려고 한 행동이다.

이것이 법이다

그러니 이는 명백한 귀책사유다.

"그 정도면 상당한 재산을 분할받으실 수 있을 겁니다."

아내는 입술을 깨물었다.

사실 가족보다 회사를 우선시하는 그의 행동이 마음에 드는 것은 아니었다.

그래도 이혼이라니, 그건 생각해 본 적이 없었다.

그런 그에게 용기를 준 것은 의외로 시어머니였다.

"이혼하거라."

"어머니."

"아범이 내 자식이지만, 죽은 자식이나 마찬가지여."

시어머니. 그러니까 곽허만의 어머니는 마음을 독하게 먹었다.

"내 자식이지만 얼굴 본 게 언제인지 기억나지도 않는 애다."

심지어 자기 아버지 제사조차도 바쁘다는 핑계로 제대로 챙기지 않았다.

오로지 일과 회사, 그것만을 위해 가족들을 모른 척했다.

가족과 함께 시간을 좀 보내라고 하면, 돈 벌어다 주면 된 거지 또 뭐가 필요하냐며 바깥으로만 돌았다.

"하지만……."

"아범도 내 자식이지만 석천이도 내 손주다."

만일 여기서 집안이 망하면 석천이, 그러니까 곽허만의 아들은 대학도 가지 못하고 인생이 시궁창으로 처박혀 버린다.

즉, 그녀는 자기를 버린 자식과 자신이 업어서 키운 손주 사이에서 마음을 독하게 먹은 것이다.

"이보시오, 변호사 양반. 진짜로 이혼하면 재산을 지킬 수 있소?"

"그럼요. 전부를 다 지킬 수 있는 건 아니겠지만 어머님이 도와주신다면 충분히 지킬 수 있습니다."

부모조차 아들을 버릴 정도로 개판이라면 재판부도 당연히 여자 편을 들어 줄 수밖에 없다.

양육권은 물론 재산도 빼앗길 테고.

'과연 그런 꼴을 당하고도 충성할 수 있을지 두고 보자고, 후후후.'

노형진이 속으로 생각하는 사이에 아내도 결국 마음을 독하게 먹었다.

이대로 남편 때문에 인생이 시궁창에 처박힐 수는 없다.

노형진은 그런 그들을 향해 입을 열었다.

"어떻게 하시냐면…… 지금부터 제가 하는 말을 잘 듣고 그대로 하시면 됩니다. 우선……."

그렇게 피날레를 장식하기 위한 준비가 착착 진행되고 있었다.

괴물들에게 주인은 없다

　―여보, 어떻게 이럴 수가 있어요! 우리한테 한마디 이야기도 없이!

　―어쩔 수 없잖아, 회사가 다급한데!

　―회사가 그렇게 중요해요? 우리는 하나도 안 중요하고? 우리 가족은? 당신만 바라보고 살고 있는 우리는……!

　―남자가 일을 한다고 하면 조용히 따라올 것이 뭘 따져! 이게 나 혼자 먹고살자고 하는 짓이야? 회사가 살아야 내가 살고, 회사가 살아야 경제가 사는 거야!

　―하지만 당신은 위에서 시키는 대로 한 것뿐이잖아요!

　―그래서 뭐! 위에서 시켰다고 해도 결국 실행한 건 나야! 나 한 명 책임지고 물러나면 다 조용해지는데 시끄럽게 하자고?

　―네! 제발 그냥 아니라고 말 좀 해 줘요, 네? 이러다 우리 모두 망

해요.

　−시끄러워. 위에는 내가 책임진다고 다 말해 놨어. 위에서 알아서 도와줄 거야.

　−그게 무슨 소리예요?

　−내가 형을 살고 나오면 석천이가 대학을 졸업했을 때 자리 하나 마련해 주기로 했어.

　−그걸 말이라고 해요! 석천이 내년에 군대 가요! 이제 대학생이라고요! 아무리 빨라도 6년 후인데! 그때 가서 회사에서 약속 지키라는 법 있냐고요!

　−거 여편네가 말 진짜 많네. 아무리 회사에서 시킨 거라지만 내가 책임지기로 한 거야. 더 이상 말하지 마!

　쾅!

　녹음된 목소리는 거기서 끝났지만 사람들의 분노는 하늘 끝까지 치솟아 올라 있었다.

　"지금 이걸 일이라고 하는 겁니까!"

　한상은행 이사회는 늑대를 피하려다가 호랑이를 부른 꼴이 되어 버렸다.

　"이게 지금 인터넷에 파다하게 돌고 있어요! 우리가 졸지에 가정 파괴범이 되어 버렸단 말입니다!"

　"그 정도까지는……."

　"그 정도까지가 아니라고요? 지난 이틀간! 예금이 무려 54억이나 빠져나갔어요! 54억!"

물론 은행 입장에서 그 돈은 절대로 많은 것이 아니다.

하지만 돈이 빠져나가기 시작했다는 것은 기업의 이미지가 시궁창에 처박혔다는 뜻이다.

"그게 무슨 뜻인지나 압니까!"

다른 기업들도 마찬가지지만 은행은 특히나 첫 번째, 이미지가 중요하다.

그럴 수밖에 없는 게, 한번 사용하기 시작한 은행은 보통 평생에 걸쳐서 주거래은행이 되기 때문이다.

"그런데 54억이 빠져나갔다는 건! 다른 은행으로 갈아탔다는 소리 아닙니까!"

"그거야……."

물론 수십억씩 저축하는 부자들이 이 정도 소란으로 은행을 옮기는 경우는 드물다.

문제는 진짜 돈이 되는 건 그들이 아니고 서민 고객들이라는 거다.

"이거 어쩔 겁니까!"

이사장은 언성을 높이면서 버럭버럭 화내고 있었다.

"사람 하나를 못 잘라서 일을 이 지경으로 만들어요!"

"……."

이사장이 이렇게 화내는 데에는 다 이유가 있다.

사실 큰돈을 가진 부자들이 돈을 맡겨 와도, 은행 입장에서는 이자를 줘야 하기 때문에 그리 돈이 되지 않는다.

하지만 이번에 많이 나간 서민 고객들, 특히 젊은 고객들의 경우 평생에 걸쳐서 은행에서 돈을 빌려 쓰고 그만큼 이자를 내야 한다.

당장 대학 등록금부터 결혼 자금, 집을 사는 비용, 거기에다가 그들이 사용하는 신용카드까지, 대출받아야 하는 이유는 널려 있다.

"돈이 중요한 게 아니라 미래에 돈이 될 고객들을 모조리 다 빼앗기는 거 아닙니까!"

당장 54억만 나간 거라면 돈으로는 타격이 크지 않다.

하지만 이번 사태로 인해 이미지가 망가지면서 놓친 고객이 벌써 3,400명이 넘었다.

그들은 인터넷을 주로 사용하는 젊은 층이었는데, 이는 다시 말하면 더 자주 대출을 이용해야 하는 세대라는 뜻이었다.

"예상 피해액이 벌써 300억이 넘어요!"

이사장은 화를 버럭버럭 낼 수밖에 없었다.

고작 이틀간 이 정도이니 타격이 작다고 할 수가 없다.

"더군다나 이게 점점 더 퍼지면 어쩔 겁니까?"

"홍보부에서는 최대한 삭제하고 있기는 합니다만⋯⋯."

"삭제한다고 될 일이에요, 이게!"

과거처럼 신문으로만 나가던 시대도 아니다.

인터넷에 퍼지는 걸 어떻게 해서든 막아 보겠다고 홍보 부서뿐만 아니라 다른 부서까지 총동원되어서 삭제 요청을 하고 있지만, 퍼지는 속도가 너무나 빨랐다.

더군다나 인터넷은 검색하면 보이기라도 하지, 메신저나 문자 등을 통해 개인적으로 공유되는 정보는 자신들이 막을 수 있는 부류가 아니다.

"죄송합니다."

이사들은 이사장의 분노를 맞으면서 벌벌 떠는 수밖에 없었다.

"우리가 한 거 아니라고 한다더니, 그건 어떻게 된 겁니까?"

"그게…… 아무리 해도 부정할 수가 없답니다."

"뭐요?"

"도한영이 작심하고 증거를 모아 가서……."

도한영은 노형진의 조언을 받아서 모든 증거를 모아 갔다.

자신을 감시하는 장면, 자신에게 욕을 하거나 모욕하는 장면, 그리고 독한 년이라고 뒤에서 씹는 장면 등등.

그렇다 보니 거기에 참가했던 사람들은 죄다 고발당했다.

"다른 업무로라도 돌렸으면 모르는데……."

전이라면 문제가 되지 않았을 것이다.

하지만 새로운 법이 생겼고, 자신들은 그것도 모른 채 언제나처럼 그녀를 화장실 옆으로 대기 발령을 시켰다가 제대로 외통수에 걸렸다.

"법무 팀의 말로는 이건 명백하게 불이익을 준 거라서 우리가 어떻게 할 수가 없다고……."

"끄응……."

이사장은 머리를 부여잡았다.

설마 사람 하나 자른 걸로 인해 이렇게 일이 커질 줄이야.

"곽허만은 뭐라고 하던가요?"

"그는 계속 자신이 저지른 일이라고 주장하고 있습니다만……."

"병신 새끼 같으니라고."

이미 인터넷에 녹취 파일이 파다하게 돌았는데 자기가 한 일이라고 주장한다 한들 누가 믿어 주기나 하겠는가?

"더군다나 곽허만은 이혼소송을 당해서요."

"이혼소송?"

"네. 가족들이 회사를 위해 가족을 버린 남자랑은 못 산다고……."

"끄응……."

그렇게 되면 사람들의 동정 심리는 그쪽으로 쏠리기 마련이다.

"일단 곽허만은 생각을 좀 해 보셔야 할 것 같습니다."

"이제 와서 그 카드를 쓰지 말라는 거요?"

"써 봐야 욕만 먹고……."

"그래서 안 쓰면? 이미 공개 사과까지 다 하고 자신이 책임진다고 기자회견까지 했는데 이제 뭐, 어쩌라고요!"

"……."

다들 이런 상황이 처음인지라 어찌할 줄 몰라 하고 있었다.

지금까지 이렇게 저항한 사람은 없었기 때문이다.

"곽허만이야 그렇다 치고, 다른 직원들은 어떻게 할 겁니까?"

곽허만은 자기가 책임지겠다고 말했다.

그게 언론에 까발려지는 바람에 욕만 먹고 효과는 전혀 없게 되었지만, 문제는 다른 직원들이었다.

"노형진 그 인간이 다른 직원들에게 접촉하고 있다면서요!"

"주의하라고 단단히 경고했습니다."

"주의라……."

이사장은 눈을 찌푸렸다.

하지만 자신들이 할 수 있는 것이 현재는 없었다.

"이사장님, 현재로써는 대표님이 일단 대국민 사과를 하시는 것이……."

누군가 조심스럽게 말했다.

그 말을 들은 이사장은 '쾅!' 소리가 나도록 탁자를 두들겼다.

"지금 그걸 말이라고 합니까! 회장님이 대국민 사과를 하라고요, 저 버러지들에게?"

"하지만…….."

이사진은 움찔했다.

그렇지만 방법이 없었다.

자신들의 모든 행동이, 마치 예상이나 한 듯 까발려지고 있었다.

심지어 꼬리를 마는 것도 불가능했다.

"다른 직원들 문제도 좋지 않습니다. 몇몇이 저쪽으로 넘어갔습니다."

"저쪽?"

"네…… 아무래도 규정상…….."

땀을 뻘뻘 흘리는 이사진.

하지만 말을 하기는 해야 했다.

"규정상 전과가 있는 직원은 직원 신분을 유지할 수가 없어서…….."

"그게 무슨 말입니까?"

"우리가 시켜서 했다고는 하지만, 어찌 되었건 전과를 달게 된 직원들은 내보내야 합니다."

"그냥 무시하면 되잖습니까!"

법도 무시하는데 회사 내규 따위는 지키지 않아도 그만이다.

회사 입장에서는 내규라는 것 자체가 내가 적용하고 싶으면 적용하면 되는 것이니까.

"그냥 무시하세요. 어차피 시간 지나면 다 잊을 테니까."

"하지만······."

이사들은 눈치를 살폈다.

그러자 이사장은 한심스러운 듯한 얼굴로 바라보았다.

"내규를 지키지 말라는 것이 아니잖습니까?"

"그 말씀은······?"

"내규라는 게 뭡니까? 내부 규칙 아니에요, 내부 규칙!"

"그렇지요."

"그걸 언제 집행할지는 우리 마음이지요. 안 그래요?"

"아!"

전과를 달게 된 직원들을 지금 잘라 내면 저들은 저항할 게 뻔하다.

"그러니 시기를 좀 적당하게 조절해라 이 말입니다, 내 말은."

"역시 현명하십니다."

어차피 국민들은 곧 잊을 테니 그때쯤 적당히 자르든가 아니면 나갈 수밖에 없게 괴롭히라는 뜻이다.

"그러면 이번 사건은 어떻게 할까요?"

"일단은 두고 봅시다, 짜증 나기는 하지만 지금 우리가 어떻게 할 수 있는 게 없으니."

한국인들은 냄비 근성이 강하다.

그래서 시간이 지나면 다 잊어버리고 만다.

그들은 그렇게 생각했다.

언제나처럼 무시하고 있으면 될 거라 생각했다.

하지만 노형진 역시 그 점을 잘 알고 있다는 것을, 그들은 모르고 있었다.

"그냥 두면, 아마 시간이 지나면 잊힐 거야."

노형진은 탁자를 톡톡 두들기면서 말했다.

"그렇게 뻔하다고?"

"뻔하지. 하지만 언제 그런 계획이 틀어진 적이 있나?"

"그렇기는 하네. 한 번도 그런 적이 없지."

아무리 사회적으로 나쁜 짓을 저질러도 오로지 성장만을 외치는 한국의 문화는 시간이 지나면 그걸 반강제적으로 용서하도록 강요한다.

"그렇다 보니 저들이 반성하지 않는 거지."

"그렇기는 해. 친일파들이 매일 하는 소리가 그거잖아?"

"그렇지."

시간이 지났으니 잊자.

이제는 앞으로 나아가야 할 때다.

과거는 지우고 미래로 나아가자.

친일파와 정치인들이 자신들의 실수를 정당화할 때 하는 말이다.

"바보 같은 소리지."

노형진은 그게 헛소리라는 걸 누구보다도 잘 알고 있었다.

현재는 과거를 기반으로 이 자리에 서 있는 것이다.

과거에 개차반이었던 범죄자가 미래에 성인군자가 될 가능성은 지극히 낮다.

국가든 사회든 기업이든 인간이든, 그건 마찬가지.

과거에 개판이던 조직이 갑자기 깨끗해질 수는 없는 것이다.

"결국은 그걸 인정받기 위한 노력이 필요하지."

그런 노력을 하지 않는 이상, 그리고 그 노력이 눈에 들어오지 않는 이상 누구도 믿어서는 안 된다.

"한국 사람들은 그런 단순한 이론을 너무 몰라."

독일과 일본은 똑같은 2차대전 전범국.

그러나 독일은 인정받고 일본은 용서받지 못한 것은, 노력의 차이에서 비롯된 것이다.

그리고 그건 기업도 마찬가지.

"그러면 어쩔 거야? 저들을 그냥 둘 거야? 보아하니 무시하는 쪽으로 아예 가닥을 잡은 모양인데?"

물론 도한영에 대한 해직 시도는 당분간은 그만둘 것이다.

하지만 은행을 뒤흔들어서 팔각수의 대출을 막으려고 하

는 노형진의 계획은 실패하는 셈이 된다.

"그냥 둘 리가 있나."

"그러면 어쩌려고? 이제는 딱히 물고 늘어질 것도 없어 보이는데."

"물고 늘어질 게 없기는. 없으면 만들면 그만이지, 후후후."

"어떻게? 핑계를 만들 수는 없잖아?"

"전에 들은 이야기 혹시 기억나?"

"뭐?"

"처음에 도한영 씨가 그랬잖아, 내부에 감시하는 사람이 있다고."

"그랬지. 집까지 따라다녔다면서."

"그래. 그래서 좀 조사해 봤거든."

"응?"

"설마 내가 그걸 그냥 두겠어?"

저들이 퇴근 후에까지 감시하는 이유는 하나뿐이다.

약점을 잡아서 그만두게 하려는 것.

"정보 팀을 이용해서 감시했어. 그런데 의외로 저쪽이 전문적이더라고."

"그 정도야?"

"그래. 아마 말은 하지 않았지만 내부에 도청기가 있을 가능성도 충분히 있어."

이것이 법이다

손채림은 절로 눈을 찡그렸다.

그 정도일 줄은 몰랐던 것이다.

"하지만 어떻게 보면 당연하다면 당연한 거야. 새론도 정보의 중요성을 알기 때문에 따로 정보 팀을 운영하는데 저들이라고 그걸 모르겠어?"

"그거야 그런데……."

"어찌 되었건 그중 한 명을 특정했어."

"그래서 뭐 어쩔 건데? 그 사람한테 자수라도 하라고 할 거야?"

"아…… 틀린 말은 아니야."

"뭐?"

"기업들에 있어서 도구란 언제나 폐기의 대상이거든."

그러나 그 폐기 대상이 가끔은 더 무섭다는 걸, 그들은 모르고 있었다.

⚖️

내부 고발이라는 것은 말 그대로 내부의 비리를 까발리는 것을 말한다.

그리고 그 일이 벌어졌을 경우 대부분 보복이 돌아온다.

그런데 반대의 경우라면 어떨까?

이미 저쪽에게서 버려졌으며 그로 인해 모든 것을 잃어버릴 상황이라면, 남은 사람은 뭐라고 할까?

"누가 그럽니까! 에! 누가요!"

한 남자는 거칠게 소리 지르고 있었다.

아니, 저항하고 있었다.

"정해진 수순 아닌가요? 한두 번 보신 게 아닐 텐데요. 토사구팽. 사냥이 끝나면 사냥개는 잡아먹히는 법입니다."

"난 사냥개가 아니란 말입니다!"

"확신하십니까, 당신이 사냥꾼이라고?"

남자는 얼굴이 사색이 되었다.

조한수, 그는 도한연을 괴롭히는 데 나섰던 사람이다.

도한영을 감시하는 임무를 담당했던 그는 지금 최악의 상황을 맞이하고 있었다.

"주요 업무를 하는 것도 아니고 고작 감시하는 수준이었는데, 당신이 정말 사냥꾼이라고 생각하세요?"

노형진은 웃으면서 말했다.

'으으으……'

조한수는 부들부들 떨었다.

악마의 속삭임이라는 게 진짜로 존재한다면 과연 이런 게 아닐까 하는 생각이 들 정도로 노형진의 말은 그에게 위협적이면서도 한편으로는 감미로웠다.

"아마도 당장은 조용해지겠지요. 하지만 당신은 이미 범죄를 저질렀습니다. 증거는 넘쳐 나고, 당신을 비롯해서 다른 사람들 역시 처벌을 피할 수 없지요."

"그렇다고 날 자른다고요!"

"아닐 거라고 생각하세요, 당신은 이미 그 효용 가치가 떨어졌는데?"

"누구 마음대로요!"

"그들 마음대로죠. 당신이 가치가 있다는 걸 어떻게 증명할 겁니까?"

"그건⋯⋯."

조한수는 반박하려 했지만, 아무리 생각해 봐도 가치를 증명할 수가 없었다.

지금 회사에 출근해도 그에게 부여되는 일은 한없이 가치 없는 일이다.

심지어 자신을 도와줄 사람도 회사 내부에는 없다.

'그렇겠지, 후후후.'

노형진이 조한수를 타깃으로 선정한 것은 다름 아닌 그의 출신 성분 때문이었다.

북한도 아니고 한국에서 한 사람의 출신 성분을 따진다는 것 자체가 웃긴 일이지만⋯⋯.

'그는 은행 입장에서는 가치 없는, 버리는 패다. 그리고 그도 잘 알고 있겠지.'

그는 소위 말하는 지잡대 출신이다.

그런 그가 '인 서울 출신'이라 불리는 사람들도 들어가기 힘든 은행에, 그것도 정규직으로 들어간 것은 기적에 가까웠다.

'그냥 기적으로 들어간 거라면 참 좋겠지만 말이지.'

그래서 그 안에서 설움과 모든 고난을 이겨 내며 당당하게 승진하는 한 편의 인생 드라마라도 찍을 수 있었다면 참으로 좋았겠지만.

'사회와 조직이 그렇게 만만한 곳이 아니지.'

능력? 기회? 그건 그냥 사치다.

애초에 지잡대 출신이고 학연도 지연도 없는 그가 실력을 내보일 수 있는 기회 자체가 주어질 리 없다.

공부를 잘하는 애들에게 기회가 주어지는 게 아니라 돈 많은 집 아이들이 학원에 다녀서 공부를 잘하게 되는 것처럼, 그는 기회를 원천 봉쇄당한 채로 회사에 다녀야 했다.

'지금쯤이면 그걸 모를 리 없지.'

그가 은행에 다닌 지 이미 7년 차다.

그리고 그가 멍청하지 않다면 지금 자신이 어떤 상황인지 모를 리 없다.

아니, 그가 멍청할 리 없다.

'버려지는 카드.'

그것이 그의 신분이었다.

"애초에 당신이 뽑혔다는 것 자체가 이상한 일이라는 걸 모르지는 않으실 텐데요?"

"무슨 소리야! 난 능력 있는 남자라고!"

"과연 그럴까요? 백도 없고 돈도 없는 데다가 능력을 보여 줄 기회도 없었으니, 결국 당신에게 부여된 것은 감시 업무 뿐인데?"

"크윽……."

"애초에 감시 업무에 배당되었다는 것 자체가 당신이 가장 필요 없는 인원이라는 증거 아닌가요? 서류 한 장에 수백만 원에서 수천만 원이 움직이는 은행에서, 그런 일은 하지 못하게 하면서 한 사람만 집중 마크해서 감시하라니. 결국 본 업은 못 한다는 건데……. 제가 봐서는 그거 그냥 보는 대상이 벽에서 사람으로 바뀐 것뿐이지, 도한영 씨와 똑같은 것 같은데요."

"말도 안 되는 개소리 하지 마!"

조한수는 발악적으로 소리질렀다.

하지만 그가 열받아서 그런 게 아니다.

현실을 알아서, 그래서 그걸 부정하고 싶어서 그런 것이다.

"그래서 감시라는 것 자체가 불법인 건 둘째 치고, 애초에 카메라까지 달아 놓고 감시 중인데 당신에게 다시 감시를 지시했다는 것 자체가 말도 안 되는 거 아닌가요?"

"……."

카메라가 도한영의 일거수일투족을 모조리 촬영하고 있는데 회사 내부에서 굳이 자신이 감시할 이유는 없다.

물론 그녀가 카메라가 없는 곳으로 가는 경우에 대한 대책이라고 했지만, 그럴 시간이 얼마나 되겠는가?

하루에 다 합쳐 봐야 30분도 안 될 것이다.

"결국 당신은 버리기 위한 카드죠."

"말도 안 되는……."

어떻게 해서든 부정하려고, 그는 계속 말도 안 된다고 중얼거렸다.

하지만 그건 노형진에게 하는 말이 아니었다. 자기 자신에게 하는 말이었다.

노형진은 그의 마음속에 있는 어둠을 계속 건드렸다.

"그러고 보니 어떤 연예인이 했던 말이 생각나네요."

"뭐?"

갑자기 뜬금없는 연예인 이야기로 넘어가는 노형진의 말에 조한수는 어리둥절했다.

하지만 노형진은 그가 뭐라고 하든 그저 계속 자기 할 말만 했다.

"어떤 여자 연예인이 있었지요. 그런데 보통 연예인이라고 하면 예쁘고 아름다운 법이잖아요? 특히 여자 연예인이라면 더더욱 말이지요."

"……."

노형진이 왜 이런 말을 하는지 모르는 조한수는 대꾸도 하지 못한 채 그저 그를 노려볼 뿐이었다.

하지만 노형진은 말을 멈추지 않았다. 그럴 필요가 없었다.

'넌 이미 넘어왔다.'

듣지 않고 박차고 나가지도 못한다는 것 자체가, 그가 넘어왔다는 증거다.

"그런데 그 여자 연예인은 그렇지 않았단 말이지요. 아름다운 것도, 그렇다고 몸매가 좋은 것도 아니에요. 외모로 따지면 못생긴 축에 들고, 몸매도 일반인을 기준으로 해도 평균보다 훨씬 부족했고, 얼굴도 좋게 말하면 개성이 강한 거지 연예인 얼굴은 결코 아니었죠. 물론 입담은 좀 있지만, 토크쇼 같은 것은 결국 성공해서나 나가는 거지, 신인을 데려가는 토크쇼는 없잖아요?"

"……."

조한수는 점점 더 입을 꾸욱 다물었다.

그 연예인의 처지가 마치 자신 같았다.

인맥도 없고 학벌도 없고 성적도 낮고 실력도 없다.

이 세계에서 다른 사람들은 다 가지고 있는 게 자신에게는 없다.

"그리고 얼마 후에 그녀는 진실을 알았지요. 자신이 어떻게 연예인이 될 수 있었는지. 아니, 될 수밖에 없었는지. 자신을 왜 방송국에서 뽑았는지."

"왜?"

자신도 모르게 되물은 조한수는 흠칫했다.

함정에 빠진 기분이었던 것이다.

하지만 이제 와서 질문을 되돌릴 수는 없는 노릇.

"그녀만이 해야 하는 일이 있으니까요."

"그녀만이 해야 하는 일?"

"네. 주연보다 조연이 더 뜰 수는 없으니까요."

"뭐?"

"이런 말 들어 보셨어요. 미용실에서 여자가 전 남자 친구의 결혼식에 간다고 하면 미용사들이 영혼을 불태워 준다는?"

"그건……."

들어 본 적이 있는 농담이다.

남자들도 비슷한 농담으로, 사장님한테 전 여친 결혼식장에 간다고 하면 차와 비서를 붙여 준다고 하지 않던가?

"왜 그럴까요?"

"그건……."

"주연을 꺾기 위해서지요. 상대방에게 후회를 남겨 주기 위해 그러는 겁니다."

여자라면 '내가 이렇게 예쁘다, 네가 선택한 사람보다 더.'라는 어필이고, 남자라면 '네가 선택한 남자보다 내가 훨씬 더 잘났다.'라는 어필이다.

"당신은 왜 선택되었다고 생각하시나요?"

"아까…… 그건……."

"아, 그거요?"

조한수는 그 연예인이 왜 연예인이 될 수 있었는지 궁금했다. 묘하게 동질감이 느껴져서였다.

"간단합니다. 가정부가 여주인공보다 예쁘면 안 되잖아요."

"뭐라고?"

"엑스트라가 아니라 대사가 있는 배역들, 그 배역들이 아무리 조연이라고 하지만 여주인공보다 예쁘거나 임팩트가 있거나 한다면 시청자들의 시선이 어디로 갈까요?"

"그 말은……."

"그 배우가 할 수 있는 배역은 결국 정해져 있었던 거죠."

주인공이 아니라 조연, 그것도 가정부나 동네 아줌마 또는 시장 상인같이 누구의 관심도 받지 못하는 그런 역할.

"큭."

조한수는 왠지 가슴이 찔끔했다.

자신과 같았다. 주연이 되고 싶었지만, 그는 그저 조연이다.

아니, 엑스트라일 뿐이다.

가족들은 은행에 들어갔다고 좋아하고 그래서 자랑스러워하지만, 회사에서는 버려지고 왕따당하는 신세다.

"크윽……."

연예인이라는 자랑스러운 타이틀을 얻었지만 할 수 있는 것은 남은 하지 않으려 하는 그런 하찮은 일들, 누구도 관심을 가지지 않는 그런 일이라는 게 조한수는 왠지 가슴이 아팠다.

'그렇겠지.'

노형진은 조한수를 바라보았다.

'당신도 그럴 테니까.'

기업은 바보가 아니다.

수십 년간 인간을 쓰고 인간을 갈아 치우는 거대한 괴물이나 마찬가지다.

그런 그들이 선의로 아무것도 없는 지방대 사람을 채용하지는 않는다.

'버리는 카드로는 최선이지.'

그들은 인맥이 없다. 그러니 적당히 쓰다가 무슨 일이 있으면 버리기에도 좋다.

만일 인맥이 있는 자라면, 소위 라인이라는 것을 타서 위에서 끌어 주고 당기는 것을 할 수 있는 자라면 쓰고 버릴 수가 없다.

한국에서 3대 인맥이 바로 학연과 지연 그리고 혈연 아닌가?

'그리고 이런 타입은 의외로 필사적으로 매달리거든.'

들어오기 힘들다는 한상은행.

그곳에서 버티기 위해, 조한수 같은 타입은 시키는 대로 다 한다.

그리고 자신을 드러내기 위해 필사적으로 행동한다.

설사 그 행동이 반사회적이라고 해도 말이다.

'애초에 버리는 카드로 뽑는 거지.'

사람들은 잘 모르는 선발의 비밀.

직원을 뽑을 때 버려도 되는 사람들까지 뽑는다는 것.

그래서 더러운 일에 써야 하는 곳에 배치한다는 것.

그게 조한수의 한계.

"동질감이 느껴지시나요? 현실을 부정할 수는 있겠지요. 하지만 아실 텐데요, 그 결과가 어떤지? 거기서 7년이나 계셨잖습니까?"

"……"

"이제 슬슬 승진 시기일 텐데요?"

"……"

"몇 번 누락하셨지요? 한 번? 두 번? 세 번?"

"……"

조한수는 대리다.

사실 정상적인 승진 코스를 밟았다면 주임이어야 한다. 최소한 말이다.

대기업이 아무래도 중소기업보다 승진이 느리다고 하지만, 어찌 되었건 동기 중 몇몇은 이미 과장이 되었다.

"이번에는 승진할 수 있을까요? 아. 승진한다고 해도 과연 과장이 될 수 있을까요?"

"......"

대리와 주임은 그렇다고 쳐도, 과장은 전혀 다른 이야기다.

대리와 주임은 실무자들이다.

일을 해야 하는 사람들이고, 사원과 별반 다를 게 없다. 그저 직책일 뿐이다.

그러니 시간이 지나면 자연스럽게 승진이 가능하다.

하지만 과장은 아니다. 그때부터는 명백하게 한 부서의 대표다.

'당연히 숫자가 줄어들지, 후후후.'

군대로 치면 대리나 주임은 상병이나 병장쯤이라고 보면 된다, 시간이 지나면 승진하고, 또 없어지면 보충되는.

하지만 과장부터는 아니다. 군대로 본다면 중대장이나 대대장 같은 존재.

한 집단의 장으로서, 아래가 일정 숫자 이상이 되지 않으면 존재할 수가 없다.

당연히 수많은 일반 직원들 중 과장이 되지 못하는 사람들은 회사라는 집단에서 나가야 한다.

"과장이 될 자신이 있습니까?"

노형진은 정곡을 찔렀다.

주임조차 되지 못했는데 과연 과장이 될 수 있겠느냐는
말.

"조한수 씨 동기들 중 몇몇은 이미 과장이 되었겠지요. 대
부분은 시기로 봐서는 주임일 테고요. 그러면 올라간 사람이
아니라 남은 사람을 봐야지요, 대리님."

"크윽……."

대리……. 자신의 직책이다.

그리고 동기 중 유일한 대리이며, 또한 후배들 중에서 자
신보다 빠른 사람도 많다.

자신에게 명령을 내린 과장조차도 자기보다 1년이나 후임
이다.

그리고 마지막 말은 그를 그대로 핀치로 내몰았다.

"그러고 보니 같은 일을 하던 선배들 중에서 남은 사람이
있나요?"

"젠장! 나더러 어쩌라는 거야! 내가 할 수 있는 일은 없다
고!"

조한수는 무너졌다.

안다, 자신도 버려지는 카드로 들어왔다는 걸.

온갖 더러운 일에 이용되었다는 걸, 안다.

물론 처음부터 그랬던 건 아니다.

그는 추심 팀에 배치되었고, 더러운 방식을 쓰더라도 추심
을 하도록 했다.

거기서 걸러지는 것이다.

과연 더러운 일을 할 수 있는가, 없는가.

"나도 그만하고 싶어! 하지만 내 가족은! 날 자랑스러워하는 부모님은! 그들은 어쩌라고!"

무너진 조한수는 절규했다.

자신을 제치고 후배들이 승진할 때마다 그는 이를 악물었다.

창피했다. 그러나 그만둘 수는 없었다.

그러는 순간 자신은 나가떨어진다.

자신이 했던 정리 해고 대상에 대한 행동이 자신에게 돌아온다.

"내가 할 수 있는 게…… 없었다고! 회사에 저항하면? 그 이후는? 내 가족은?"

노형진은 그가 절망하게 그대로 뒀다.

그는 자신이 보고 싶었던 것만 믿었다.

그러나 노형진의 말에 그의 세계는 무너졌다.

아무리 부정하고 싶다고 해도 현실은 바뀌지 않는다.

회사에서 그와 같은 일을 하는 사람들을 1~2년 쓰고 만 것도 아니고, 수십 년을 써 왔다.

그러나 그러한 더러움을 버텨 가며 회사를 다녔던 선배들은 이제 없다. 모조리 잘렸다.

'뻔하지.'

그들은 다급함에 회사에 남기 위해 더 악랄하게 회사의 명령에 따라서 추심하고 상대방을 괴롭혔을 것이다.

하지만 그들 같은 존재는 언제든 대체할 수 있고, 심지어 더 싸다.

멀쩡한 사람도 과장, 부장 코스를 밟으며 자기 자리를 지키는 게 쉬운 일이 아닌데 이런 소모품들이야 뻔하다.

'일을 주지 않겠지.'

일을 주지 않고 방치할 것이다.

그건 때가 되었다는 의미다.

직원들이야 버티려고 하겠지만, 그때부터는 그들이 했던 모든 행동이 자신들에게 그대로 돌아온다.

화장실 옆에 앉아 다른 직원들을 바라보고, 감시가 붙어서 일거수일투족을 주시당하고…….

"흑흑흑……."

조한수는 눈물을 뚝뚝 흘렸다.

자신의 세계가, 자신이 믿고자 했던 모든 것이 무너진 남자는 정신을 차릴 수가 없었다.

노형진은 그런 그를 계속 방치했다.

그리고 어느 정도 시간이 지나고 난 후 그에게 나지막하게 말을 꺼냈다.

"아까 못생긴 여자 연예인 이야기를 했지요?"

"……."

대답하지 못하고 고개만 푹 숙이고 있는 조한수.

그는 별 관심이 없어 보였다.

지금 상황에서 그 이야기가 무슨 의미가 있단 말인가?

하지만 그다음 말에 그는 고개를 들었다. 아니, 들 수밖에 없었다.

"그녀는 아직도 텔레비전에 나오고 있습니다. 왕성하게 활동 중이지요. 아마 40년이 넘도록 활동하고 있을걸요. 그녀의 동기 중에서 아직까지도 활동하는 건 그 사람뿐일 겁니다."

조한수는 고개를 들어서 노형진을 바라보았다. 그게 무슨 의미냐는 시선.

"그녀도 당신과 마찬가지였습니다. 조연으로 남을 수밖에 없는, 그래서 더 이상 올라갈 수 없는 곳에서 자신의 자리를 찾기 시작했지요, 올라가지 못한다면 이 자리를 자신의 자리로 삼겠노라고. 그리고 그녀와 함께 데뷔했던 수많은 미녀들이 사라지고 그 후배의 후배의 후배까지 사라지고 딸 같은 아이들이 그 주연의 자리를 차지했어도, 그녀는 아직 활동 중입니다. 그녀는 방송에서는 조연이었지만 자신의 인생에서는 주연이었습니다. 그리고 이제는 방송계에서 큰 어른이라고 불리고 있지요."

"자신의 인생에서는 주연이라고요?"

"네. 누구나 그럴 가치가 있지 않습니까?"

그건 맞는 말이다.

무시당한다고 해서 그 사람의 가치가 없는 것은 아니다.

인간의 가치는 자리와 돈이 아니라 스스로가 만들어 내는 것이니까.

조한수는 머릿속이 정리되는 느낌이었다.

자신은 지금까지 자리만 지키려고 했다.

하지만 버려진다면, 그래서 자신이 조연조차 될 수 없다면, 그러면 자신이 주연이 되는 것도 나쁘지 않다는 생각이 들었다.

노형진은 그런 그를 보면서 조용히 조언해 줬다.

"때때로 영화에서는 뛰어난 악역이 주인공을 능가하기도 하지요."

조한수는 입술을 깨물었다.

"그러면 내가 어떻게 해야 합니까?"

더 이상 물러날 곳이 없는 사람은 독해진다.

조한수가 그랬다. 그는 더 이상 물러날 곳도, 그리고 버틸 힘도 없었다.

"간단합니다."

노형진은 몸을 숙여서 그에게 다가갔다. 그리고 작게 속삭였다.

"그들이 당신을 괴물로 만들었지요. 그러니 당신은 괴물이 되어 주면 됩니다."

"악마의 속삭임이라는 게 멀리 있는 게 아니니."

"말이라는 건 많이 하는 게 잘하는 게 아니야. 몇 마디만으로도 사람을 뒤흔들어야지."

조한수가 독한 마음을 먹고 떠난 후 노형진은 씩 웃으며 말했다.

"배신할까?"

"할 거야. 할 수밖에 없지."

그들의 결말은 대부분 똑같다.

그리고 조한수라면 그 결말이 어떤 것인지 누구보다 잘 알 것이다.

그걸 실행하던 장본인이었고, 또 자신의 선배들이 그런 꼴을 당했으니.

"그런데 진짜야, 아예 자를 사람들을 뽑는다는 게?"

"애석하게도 반쯤은 사실이야. 장기짝으로 키울 애들과 쓰고 버려질 애들은 입사 시점에서 이미 결정되지."

"아니, 왜?"

"사람을 뽑는 건 기업이 아니라 인간이니까."

"응?"

"기업이 사람을 뽑는다고 다들 착각하지. 하지만 심사를 보고 서류를 검토하고 그들을 확인하고 분류하는 건 사람이지. 그리고 면접을 보면서 그들을 심사해."

"그렇기는 하지."

"그럼 회사가 사람을 뽑을까, 아니면 사람이 사람을 뽑을까?"

노형진의 말에 손채림은 눈을 살짝 찡그렸다.

회사가 뽑는 게 아니라 사람이 뽑는 것일 수밖에 없었던 것이다.

"그리고 소위 인맥이라는 것은 사람들의 생각과 다르게 반응하거든."

"응?"

"한국에서의 3대 인맥이 왜 끊어지지 않는 거라고 생각해?"

"그거야……."

노형진의 말에 손채림은 잠깐 생각했다.

한국에서 그 인맥을 끊자고 그렇게 이야기하지만 대부분 실패한다. 심지어 내정자가 있는 경우도 흔하게 벌어진다.

그런데 왜 그렇게 실패하는 걸까?

"그걸 이용해서 어떻게든 취업하려고 하니까?"

다들 그렇게 생각한다.

친하니까. 그리고 동향이니까. 그걸 이용하려고 하는 사람들을 욕한다.

"겉으로 보면 그렇지. 하지만 그건 함정이야. 인맥이 필요한 건 도리어 취업하는 사람이 아니라 뽑는 사람이야."

"뭐? 어째서? 그들은 아쉬울 게 없잖아?"

이미 자리를 잡았고 부하 직원도 많다. 그런데 뭐가 아쉽단 말인가?

하지만 노형진이 보기에는 현실은 정반대였다.

"병력이 필요하니까."

"병력?"

"그래. 부장이니 이사니 하는 사람들의 권력은 절대적이지. 그런데 말이야, 한국은 민주주의 공화국이야. 반대로 말하면 기업도 민주주의 내에서 활동하는 세력이라는 거지. 기업이 공산주의인 경우는 드물지."

"가능해?"

"불가능한 건 아니야."

노형진은 몇몇 그런 기업을 알고 있다.

물론 정상적인 기업은 아니지만.

"어찌 되었건 민주주의의 기본은 그거야. 모든 권력은 국민으로부터 나온다."

"아⋯⋯."

손채림은 그제야 왜 그들에게 인맥이 필요한지 알아차렸다.

"진짜 병사구나."

"맞아."

인맥으로 취업하는 게 아니다. 인맥으로 쓸 수 있으니까 취업시켜 주는 것이다.

가령 손채림이 한국대학교를 나왔다고 해서 대기업에 지원하면, 같은 대학 출신이라고 뽑아 줄까?

그렇지 않다.

"저 사람이 내 인맥으로서 나를 지원해 줄 수 있는 사람이라고 생각해서 뽑아 주는 거야. 사람들 생각과 정반대지."

아래에서 인맥을 쓰지 말라고 아무리 외쳐 봐야 위에서 자기 병력을 보충하려고 하는데 이런 악습이 끊어질 리가 없다.

"미국에서 갱단과 마피아가 활개 치던 당시, 그들의 주요 공략 대상은 해외에서 오는 이민자들이었어."

국민들의 숫자가 적은 미국은 적극적으로 이민을 받아들였다.

그러나 그들은 노동력으로 왔을 뿐이지 사람으로 취급받지는 못했다. 그 당시는 극단적 자본주의 시대였으니까.

"그리고 갱단과 마피아는 그들에게서 끊임없이 병력을 보충했지."

"헐."

"그때는 사실상 경찰과 마피아의 내전 같은 상황이었으니까."

노형진은 회귀 전 그 당시 검사였던 사람과 이야기할 기회가 있었다.

그는 그 당시를 이렇게 회고했다.

한 개의 소규모 마피아 집단을 소탕하고 나면 다음 주에 1개 대대 인원의 마피아가 보충된다고.

해외에서 끊임없이 들어오는 사람들.

그들이 가장 쉽게 자리 잡을 수 있는 것은 범죄 조직이다.

넘치는 노동력으로 인한 터무니없는 실업률과 최악의 근로 환경, 돈이면 다 된다는 천민자본주의.

'그 당시 그건 내전이나 마찬가지였다고 했던가?'

경찰이 왜 수뇌부를 잡으려고 그렇게 기를 쓰는 걸까?

아래는 천년만년 잡아 봐야 의미가 없으니까.

매주 대대 단위로 인원이 보충되는 조직에서 백 명을 잡아 봐야 무슨 의미가 있단 말인가?

"그래서 저 사람이 뽑힌 거야?"

"그래."

가장 확실한 인맥은 바로 학연이다.

그런데 버릴 사람을 잘못 골랐다면, 그리고 그가 다른 파벌에 붙어 있는 사람이라면 일은 골치 아파진다.

최악의 경우 자기네 세력을 꺾으려는 것으로 보고 두 파벌 간에 전쟁이 벌어질 수도 있다.

"그래서 대부분의 기업들은 자를 수 있는 사람들을 뽑지."

은행원을 뽑을 때 일단 뽑고 부서를 배치하는 게 아니라,

이것이 법이다

부서를 정해서 그 안에서 자를 수 있는 인원을 뽑는 것이다.

"하지만 그들은 몰랐을 거야, 자신들이 자르려고 뽑은 사람들이 괴물이 될 거라는 건. 후후후."

⚖

조한수는 자신과 같은 처지였던, 먼저 해직된 사람들을 만났다.

"우리가 양심선언을 하자고?"

"네."

"그게 무슨 효과가 있는데?"

"복직할 수 있습니다."

해직된 사람들은 고개를 번쩍 들었다.

복직.

은행을 그만두고 난 후, 아니 강제로 그만둬야 했던 이후에 가장 듣고 싶었던 말이다.

"그게 무슨 소리야?"

"사실은, 노형진 변호사라는 사람이 이야기해 줬습니다, 법이 바뀌었다고. 그래서 보복 해직이라는 것을 증명할 수 있다면 복직도 가능하다고."

"보복 해직?"

"네."

"하지만……."

자신들은 이미 해직된 상태다.

그런데 보복 해직이라는 것에 해당되는지가 관건이다.

"그래서 저희도 필요한 겁니다. 아직 회사에 있는 사람들요."

"뭐?"

"선배님들을 쫓아낸 건 우리 아닙니까?"

"그거야……."

그들은 씁쓸한 표정이 되었다.

자신들이 하던 일이 자신들에게 그대로 돌아왔을 때, 그 일을 한 사람이 바로 조한수와 그 동기들이었다.

그리고 이제는 그들이 쫓겨날 차례다.

"우리가 선배님들한테 한 것이 잘못이기는 하지만……."

조한수와 그 동기들은 눈치를 살폈다.

자신들이 한 짓거리가 있기 때문이다.

그러나 선배들에게는 그게 중요한 게 아닌 듯했다.

"사실인가, 복직할 수 있다는 게?"

"네."

물론 공익 신고자라는 이름을 얻어 내는 것은 쉬운 게 아니다.

하지만 그런 문제가 있다고 하더라도 복직이 간절했다.

일단 은행에 다닌다는 것은 적지 않은 월급을 받는다는 뜻이다. 그리고 버티다 보면 적지 않은 퇴직금도 쌓인다.

"다만…… 조건이 있답니다."

"조건?"

"우리가 쫓아낸 사람들을 데리고 오라고."

"뭐?"

"한두 명이 아닌데?"

"상관없다고……."

"아니, 왜?"

어리둥절한 표정이 되는 사람들.

그들까지 전부 데리고 오면 일이 커진다.

물론 그들이 자신들을 믿어 주지 않을 수도 있지만.

"도대체 왜 데리고 오라는 거지?"

다들 어리둥절한 표정이 된 와중에, 누군가 입을 열었다.

"어쩌면…… 복수일지도……."

"복수?"

"그래. 그들은 우리와는 좀 다르잖아."

그냥 나이 들어서 쫓아내는 경우에는 자신들에게까지 오지 않는다.

내부 고발을 하거나 이권에 방해된 일을 한 사람들일 경우에 자신들에게 감시 같은 게 배당된다.

"그렇다면, 그들이 복직한다면……."

"회사 입장에서는 타격이 크겠지."

자신들이 쫓아낸 사람들이 다시 돌아왔는데 좋을 수는 없
다.

그런데 그들이 회사로 들어오면 입 다물고 조용히 있을
까?

물론 일부는 그럴 수도 있다.

하지만 일부는 그렇지 않을 것이다.

"으음……."

"단순히 복수인지도 모르지만, 우리가 선택할 수 있는 게
있나?"

조한수는 고개를 흔들었다.

"그렇다면 해야지."

다시 은행원이 되고 적지 않은 돈을 가지고 나올 수 있다
는데, 하지 않을 이유가 없다.

"자존심은 우리에게는 불필요한 거니까."

조한수는 왠지 씁쓸한 표정이 되었다.

⚖️

"다들 모였네."

얼마 후, 그들은 노형진을 만났다.

조한수와 감시 팀이었던 사람들 그리고 그들에게 쫓겨난
사람들.

그 수는 무려 백 명이 넘었다.

'적지 않군.'

감시 팀은 스무 명 정도.

그들은 회사에서 문제가 되는 사람들을 쫓아내는 역할을 해 왔다.

그러나 노형진이 권력을 준다는 말에 그렇게 모여든 것이다.

언제나 권력을 위해 일하지만 정작 자신들은 권력을 가진 적이 없었기에.

반대로 권력에 대항하기 위해 내부 고발을 했던 사람들은 해직당했다가 다시 이곳으로 왔다.

"분위기가 좋지는 않네."

손채림은 걱정스럽게 말했다.

그럴 수밖에 없다.

자신을 쫓아냈던 사람들과 함께 있는데 분위기가 좋을 리가 있나.

"그런데 왜 저들을 모은 거야?"

"이러지 않으면 저들 스스로 지키지 못하거든."

"응? 그게 무슨 소리야?"

"두고 보라고, 후후후."

노형진은 그들 앞으로 나갔다.

그리고 두 패로 나뉘어서 서로를 노려보던 두 집단의 찌를

듯한 시선을 온몸으로 느꼈다.

"이거 너무 환영해 주셔서 몸 둘 바를 모르겠네요."

"길게 이야기하지 맙시다. 복직할 수 있게 해 준다고 했다던데, 도대체 어떻게 해 준다는 거요?"

복직이라는 것은 이들에게 꿈과 같은 단어다.

물론 그만두고 나서 먹고살기 위해 뭐든 하려고 했지만 공익 신고자를 써 주는 곳은 없다.

취업하고 싶어도 은행에서 사방에 압력을 가하는 바람에 취업조차도 불가능해진 사람이 대부분이었다.

"간단합니다. 소송하는 거죠."

"소송?"

"네. 작년에 공익신고자보호법이라는 것이 생겼거든요."

노형진은 그 법에 대해서 간략하게 설명했다.

"그게 뭐가 중요한 건데? 우리랑 무슨 상관이오?"

"상관이 있지요. 그러니까 저들을 데리고 온 거지요."

노형진은 감시자들을 바라보았다.

그러자 그들은 눈을 슬쩍 돌렸다. 아무래도 양심에 찔려서였다.

"저들은 여러분들을 감시하고 쫓아내는 데 일조했습니다."

"우리가 그걸 모르는 건 아니잖소?"

"그렇지요. 반대로 말하면, 여러분이 공익 신고자라는 증거를 가지고 있다는 거죠."

"그래서?"

"그걸 가지고 소송하면 어떻게 될까요?"

신고자 그룹은 서로를 바라보았다.

자신들을 쫓아냈던 인간들이 자신들을 위해 증거를 내준다?

말도 안 된다. 저들이 그럴 이유가 없다.

"어째서?"

"잘 모르시겠지만, 어차피 저들도 토사구팽 되거든요."

결국은 해고당할 수밖에 없는 운명.

아예 팀으로 구성해서 전문적으로 일을 맡기는 새론과 다르다.

그들은 각 부서에 배치되어 있고, 필요하면 빼 쓴다.

그러니 내부적으로 좋은 이야기를 들을 수가 없다.

그들에 대해 아는 사람은 결국 사람을 쫓아내는 놈들이기 때문에 좋아할 수가 없으며, 모르는 사람은 일을 해야 하는데 매일같이 사라지니 좋아할 수가 없다.

"결국 버려지만 저들 역시 여러분과 마찬가지라는 거지요. 그리고 여기 계신 스무 명 중에서 열세 명은 여러분들과 마찬가지로 해직된 분들입니다."

"으음……."

동병상련이라고 했다.

아까는 극한의 대립을 하던 사람들 사이에서 묘한 동질감이 흘렀다.

"그래서 이들이 내부의 정보를 빼 온다 이겁니까?"

"네."

자신들이 관리했던 정보이니 빼 오는 것도 어려운 일이 아니다.

그리고 그 기록을 가지고 복직시켜 주는 건 노형진의 입장에서는 일도 아니고.

"확실히……."

"하지만 그건 복직까지만 아닙니까?"

누군가 소리를 질렀다.

그는 얼굴에 분노가 가득했다.

"아, 당신은?"

몇몇 사람이 아는 듯 말했다.

"결국 저들이 자르려고 하면 답이 없단 말입니다."

"누구신지?"

"팽만호라고 합니다."

"팽만호?"

"저 사람이 팽만호였어?"

다들 놀라는 표정이었다.

그럴 수밖에 없는 게, 팽만호는 회사에서도 전설이었기 때문이다.

한 번의 내부 고발, 그리고 해직 후 복직, 두 번째 해직, 복직, 그리고 세 번째 해직 그리고 복직, 그리고 네 번째 해직.

"그 녀석들이 증거를 가지고 있는 이상 자르는 건 저들 마음대로라구요!"

그는 지독하게 당했기 때문에 알고 있었다.

"내가 매일같이 정시 근무하고 야근까지 해도 그 녀석들이 컴퓨터만 슬쩍 조작하면 출근 기록이 삭제되고, 일해서 보고서에 올려도 삭제되고. 내가 일했다는 증거가 전부 삭제된단 말입니다!"

사실 복직이 어려운 가장 큰 이유는 증거를 회사에서 가지고 있다는 점 때문이다.

저들이 근무 불성실을 이유로 해직한다고 하면 그에 대응할 수가 없는 것이다.

내부 고발을 한 공익 신고자에게 보복하는 것은 불법이지만, 다른 이유로 자르면 합법이다.

"압니다. 그래서 여러분들이 필요한 것이지요."

"뭐라고요?"

"여러분들이 진 이유가 뭐라고 생각하십니까?"

"뭐요?"

"그게 무슨 말이오?"

"여러분들이 진 이유 말입니다."

"그거야…… 기업이잖소!"

거대하고 덩치가 있는 기업.

거대 집단인 그들을 상대로 개개인이 싸울 수는 없었다.

"그러니 개인이 아니라 여러분이 필요한 거지요."

"개인이 아니라…… 여러분?"

"여러분들이 복직한다면 저들은 어떻게 하려고 할까요?"

"당연히 다시 자르려고 할 테고……."

누군가 말을 하다 말았다.

그리고 조한수는 노형진이 자신을 찾아온 이유를 알아차렸다.

"집단을 만들어 싸우라 이겁니까?"

"그렇지요."

한 명을 대상으로 싸워서 이기는 것은 쉬운 일이다.

하지만 열 명이 되면 조금 힘들어진다. 왜냐하면 서로가 서로를 보완해 주기 때문이다.

당장 근무 기록을 조작해도 출근했다고 증언해 줄 수 있고, 업무 기록을 삭제해도 분명히 보고를 올렸다고 증언해 줄 수 있다.

"그리고 백 명이라면 어떨까요?"

회사 입장에서는 버거운 싸움이 될 수밖에 없다. 한꺼번에 잘라야 하기 때문이다.

한 명만 자르면 다른 사람들이 저항을 할 테니까.

"으음……."

서로가 서로를 보완하는 것.

"가령 여러분들이 뭔가를 고발하고자 한다면, 그들은 여러분들을 모조리 잘라야 합니다. 하지만 그걸 한다는 것 자체가, 그 사실이 문제가 된다는 걸 인정하는 거죠."

결국 사회적으로도 엄청난 관심을 불러일으키는 셈이다.

"그래도 개인적인 문제가……."

한상은행은 그저 회사만 감시한 게 아니다. 사생활까지 조사하면서 집요하게 괴롭혔다.

"그래서 감시 팀이었던 분들이 필요한 겁니다. 단순히 업무에 관해서만 필요한 게 아니지요."

"뭐요?"

"결국 사생활 조사를 시키는 것도 사람 아닌가요? 정작 사생활을 조사당하면 그들은 어쩔까요?"

"허어?"

다들 어안이 벙벙해졌다. 전혀 예상하지 못한 방식이었다.

"내부 고발자 집단. 그게 제가 목적하는 겁니다."

단순히 내부 고발자를 복직시키는 게 아니라, 내부에서 스스로 감시하는 집단을 만드는 것.

"범죄자들이 경찰이나 검찰을 건드리지 못하는 이유는 간단합니다. 경찰이나 검찰 한 명만 건드려도 단순히 그 사람만이 아니라 조직 전체와의 싸움이 되기 때문이지요."

아무리 잘나가는 전국급 조직이라고 할지라도 경찰이나 검찰을 건드리면 생존은커녕 도피도 힘들어진다.

그들은 하나의 집단으로 움직이기 때문이다.

"어차피 여기에 계신 분들은 잃을 게 없습니다. 그러니 복직했을 때 다시 그만둬도 부족할 게 없죠."

"그건 그런데……."

"하지만 일하다 보면 뭔가를 알게 되겠지요. 물론 개개인은 모를 수도 있을 겁니다. 하지만 뭉쳐서 정보를 공유하다 보면 결국은 뭔가가 이상하다는 걸 알게 되지요."

원래 스파이라는 직업은 그냥 짠 하고 중요한 정보를 손에 넣게 되는 게 아니다. 그런 스파이를 심는 건 무척이나 힘들다.

하지만 만만하고 소소한 정보를 취합하고 모음으로써 그 뒤에 똬리 틀고 있는 거대한 뭔가를 알게 되는 것이다.

감자만 놓고 보면 아무것도 아니지만 감자와 두부를 산다면 그날 저녁 메뉴는 된장찌개가 될 가능성이 높아지는 것처럼 말이다.

"으음……."

회사 입장에서는 말 그대로 골칫거리가 될 것이다.

자를 수도, 그렇다고 그냥 둘 수도 없는 계륵 같은 존재.

"우리가 감시자가 된다라……."

"감시자 집단……."

다들 생각이 많아 보였다.

하지만 지금처럼 취직도 못 하고 집에서 노는 것보다는 훨씬 나은 선택 같아 보였다.

"다만 여러분들에게 조언해 드리자면……."

"조언?"

"자잘한 건 그냥 두세요."

"어째서?"

"자잘한 걸 가지고 싸워 봐야 이쪽 힘만 빠집니다. 차라리 큰 거 한 방을 노리는 게 정답이지요."

"큰 거 한 방이라고?"

"네."

사실 은행에서 몇백만 원 정도 다급하게 나가는 거야 문제가 안 된다.

그리고 그 정도 결제라면 다른 데 쓰려고 하는 게 아니라 진짜로 다급해서 그런 것이다.

"하지만 수백억, 수천억은 아니지요."

그건 뇌물을 받고 무리해서 나가는 것일 가능성이 높다.

"여러분들의 존재 자체가 은행 입장에서는 하나의 내부 감시자입니다."

은행이 어떻게 해서든 감추고 싶어 하는 걸 알아내는 내부 감시자.

"그렇다면……."

다들 눈에 광채가 돌았다.

그렇다면 자신이 원하던 바른 세상을 만들 수 있을 것이다. 그리고 전과 다르게, 이번에는 동지들과 함께다.

"자…… 그러면 동의하신 거지요?"

노형진은 빙긋 웃으며 말했다.

"이런 개 같은……."

이사장은 부들부들 떨었다.

무려 백 명이 넘는 사람들이 복직 소송을 해 왔다.

전에 힘들게 쫓아낸 놈들인데 그들이 돌아온다는 것이다.

"이게 어떻게 된 거야!"

"내부에서 정보가 샌 것 같습니다."

"같습니다? 뭐? 같습니다? 지금 그걸 말이라고 지껄이는 거야!"

이사장은 흥분해서 명패를 집어 던졌다.

그럴 수밖에 없는 게, 그들이 증거로 제출한 목록이 죄다 회사 내부에 있던 그들의 감찰 기록과 관련자들의 증언이었던 것이다.

안 그래도 지난번에 도한영에 대한 괴롭힘으로 국민들에게 제대로 찍혔는데, 이건 초대형 사건 정도가 아니라 핵폭

탄이다.

"이거 어쩔 거야, 어! 이 개새끼들이 들어오면 회사가 얼마나 개판이 되는지 알기는 하는 거야!"

한 번 내부 고발을 했던 놈들이 다시 하지 말라는 법은 없다.

더군다나 이건 정의심에 관한 문제인지라 포섭하는 것도 쉽지 않다.

애초에 포섭이 가능했다면 내부 고발까지 가지도 않았을 테고.

"내일부터 언론에서 물어뜯고 난리도 아닐 텐데 어쩔 거야! 어쩔 거냐고!"

무려 백 명이 넘는 사람들이 한꺼번에 복직 소송을 한 적은 없다.

더군다나 이렇게 명확한 증거를 가지고 한 적은 더더욱 없었다.

"사실대로 말씀드리면……."

법무 팀 팀장은 침울하게 말했다.

"이길 방법은 없습니다."

"뭐라고?"

"저쪽이 가진 증거가 너무 명확합니다. 복직은 피할 수 없습니다. 그리고 이번에는 대표님이 대국민 사과를 하셔야……."

"이런 쌰앙!"

대표가 대국민 사과를 해야 한다면 자신이 멀쩡하게 이 자리를 지킬 수 있을 리 없다.

"다른 방법이 없는 건가……."

"죄송합니다. 일단은 복직시킨 후에 다시 해직하는 방법이 최선입니다."

이사장은 피가 나도록 입술을 지그시 깨물었다.

⚖️

─이번 사태에 대해서 국민 여러분과 피해를 입은 분들에게 정중하게 사과를 드립니다.

방송에서는 한상은행의 대표가 고개를 숙이면서 사과하고 있었다.

"의외로 순순히 넘어갔네."

끝까지 복직을 거부할 줄 알았는데 한상은행은 순순히 복직시켜 줬다.

"어차피 질 수밖에 없으니까. 이런 건 시간을 끌수록 불리하거든."

"고작 그거야?"

"고작 그게 아니야. 빨리 복직시킬수록 빨리 자를 수 있을 거라고 생각했겠지."

안 봐도 뻔하다.

길게 끌어서 국민들의 기억 속에 남게 하느니 차라리 적당히 무마하고 묻어 버린 다음에 한 2년쯤 있다가 다시 자르는 방법을 선택한 것이다.

"물론 그게 가능하지는 않겠지만."

노형진은 씩 웃었다.

그때쯤이면 그들은 회사 내부에서 적지 않은 정보를 모아 두었을 것이다.

그리고 조한수를 비롯해서 감시 팀에 있던 사람들은 자신의 기술을 충분히 살려서 부장과 이사급의 온갖 추문을 다가지고 있을 테고.

"배신할 걸 알면서도 그냥 둬야 한다 이거구나."

"그래."

"그러면 조만간 팔각수에 대한 정보도 나오겠지?"

"그렇겠지. 애초에 목적은 그거였으니까."

노형진은 그들의 복직 소송을 해 주는 대신에 팔각수에 대한 정보를 캐낼 것을 요구했다.

그 정보를 모아서 터트린다면, 팔각수는 심각한 타격을 받게 될 것이다.

"그런데 그걸 알아차릴 수도 있잖아."

"그렇지. 그것도 목적이고."

"뭐?"

"팔각수에 대한 정보를 모은다는 걸 알면 한상은행이 다시 팔각수에 대출해 줄 수 있을까?"

"아……."

당연히 불가능하다.

그러는 순간 그들에게 정보가 들어가 자연스럽게 외부로 정보가 새어 나갈 테니.

"하지만 우리는 뒤로 숨는 거지."

최재철과 팔각수의 눈에는 그 복직을 한 사람들밖에 보이지 않을 것이다.

"당분간 아마 고생 좀 할 거야, 흐흐흐."

폭탄을 안게 된 한상은행.

하지만 그들이 그 폭탄에서 벗어날 방법은 없었다.

다음 권으로 이어집니다

200평 초대형 24시 만화방

수면실
(침대식)

사우나석

다인석

샤워실

세탁기

신간100%

수원 인계동점

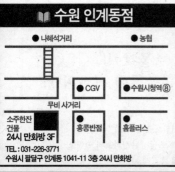

나혜석거리

농협

CGV

수원시청역⑧

무비 사거리

소주한잔
건물
24시 만화방 3F

홍콩반점

홈플러스

TEL : 031-226-3771
수원시 팔달구 인계동 1041-11 3층 24시 만화방

의정부점

의정부역④
⑤

흥선지하도

◀서울방향

진성약국

던킨도넛츠

24시 만화방
3F

TEL : 031-856-3971
경기도 의정부시 의정부동 197-13 3층

주안점

주안
남부역

◀제물포

민병철
어학원

간석동▶

25시 만화방 6F

TEL : 032-426-2871
인천광역시 주안남부역 지하상가 4번 출구 GS25시 건물 6층

안양점

안양역

육
교

◀관악역

명학역▶

농협

24시 만화방
2F

안양일번가

TEL : 031-466-3771
경기도 안양시 안양동 674-163 죠이당구장건물 2층

중결 신무협 장편소설

大唐劍王
대당검왕

무림 최대 보물찾기!
진짜? 가짜? 기연 복불복이 시작되다!

당 말, 우내십일기의 숨겨진 비급을 찾아
온갖 세력들이 용강서원으로 몰려드는 이때
대방파 소부주의 심부름꾼으로 낙점된 삼하보의 연린도
어쩔 수 없이 서원으로 가게 되는데……

어차피 오게 된 것 최선을 다하자!

어렵게 찾은 가짜(?) 비급은 탈취당하지만
매의 눈으로 각파의 무공을 훔쳐 배우고
선한 심성 덕에 영약의 선택까지 받은 연린
과연 그의 소박한 꿈, 가문 부흥은 이뤄질 것인가?

**엉망진창 당대唐代 무림의 구원자
일 검으로 시대를 가르다!**

김도훈 현대 판타지 장편소설

인챈트로 인생역전!

옷이 안 팔려? 업그레이드하면 되지!
생태계 파괴급 스킬로 패션 시장을 장악하다!

무리한 확장과 경기 불황으로 의류 사업에 실패한 현성
쓴맛을 삼키며 빗뿐인 앞날을 고민하던 그때
물려받은 골동품에서 우연히 얻은 능력, 인챈트!

인챈트에 성공합니다. 티셔츠의 성능이 향상됩니다.

의류, 가죽, 금속! 손에만 걸리면 등급 업!
대기업의 견제와 갑질을 뚫고 승승장구하는 사업!

한국 경제를 뒤흔들 사업가의 등장!
패션계를 다시 쓸 『인챈트』 스토리가 시작된다!

역대급 창기사의 회귀

조선생님 판타지 장편소설

ROK FANTASY STORY

'급'의 차이를 보여 줄 창기사가 돌아왔다!
『역대급 창기사의 회귀』

첩의 자식으로 태어나
창 하나로 오랜 내전을 종식시켰으나
믿었던 황제와 동료들에게 살해당한 조슈아

눈을 떠 보니 어린 시절로 돌아와
기쁨에 차 복수를 꿈꾸지만……
황제의 음모는 이미 시작되고 있었다!

놈이 눈치채기 전에 대륙을 평정해야 한다!
올겨울, 당신의 예상마저 뒤엎을
무패의 기사의 대역전극이 펼쳐진다!

갑질하는 영주님

장대수 퓨전 판타지 장편소설
ROK FUSION&FANTASY STORY

『디 임팩트』 『더 프레지던트』의 장대수 신작
중독성 갑, 재미의 갑질이 시작된다!

외계인의 침략에 맞서다
워프기 속에서 산산이 분해된 민병대장 박현성
푸른 눈의 어리고 약한 소년 영주
이안으로 깨어나다!

뭐, 빚쟁이 영지에 꼭두각시 영주라고?

뿌리부터 썩은 영지를 바꿔라!
탐관오리들에겐 몽둥이찜질을 내리고
영지를 노략질하던 해적은 털어먹고
사람 목숨 가지고 노는 흑마법사에겐
가차 없는 참교육과 죽음을!

고대 유령의 검술, 각성한 워프 능력!
약한 영주 이안에서 강한 영주 이안까지!